COLLECTION FOLIO

Italo Calvino

Le vicomte pourfendu

*Traduction de l'italien
par Juliette Bertrand,
revue par Mario Fusco*

Gallimard

Titre original :

IL VISCONTE DIMEZZATO

© 2002, The Estate of Italo Calvino.
All rights reserved.
© *Éditions Albin Michel, 1955, pour la traduction française.*
© *Éditions du Seuil, 2001, pour la traduction française révisée.*

I

On faisait la guerre aux Turcs. Le vicomte Médard de Terralba, mon oncle, chevauchait à travers les plaines de Bohême. Il se dirigeait vers le camp des chrétiens. Il était suivi d'un écuyer appelé Kurt. De blancs vols de cigognes traversaient, près de terre, l'air opaque et figé.

— Pourquoi tant de cigognes ? demanda Médard à Kurt. Où vont-elles donc ?

Mon oncle venait d'arriver, car il s'était enrôlé depuis peu pour faire plaisir à certains ducs de notre voisinage qui s'étaient engagés dans cette guerre. Il s'était muni d'un cheval et d'un écuyer au dernier château resté chrétien et il allait se présenter au quartier de l'empereur.

— Les cigognes volent vers les champs de bataille, dit l'écuyer d'un air sombre. Elles nous accompagneront pendant tout le chemin.

Le vicomte Médard avait appris que, dans ces pays-là, un vol de cigognes est un signe de chance :

et il voulait se montrer heureux de les voir. Mais il se sentait inquiet, malgré lui.

— Qu'est-ce qui peut bien attirer ces échassiers sur les champs de bataille, Kurt ? demanda-t-il.

— Eux aussi se nourrissent désormais de chair humaine, répondit l'écuyer, depuis que la famine a rendu la campagne aride et que la sécheresse a tari les fleuves. Là où il y a des cadavres, les cigognes, les flamants roses et les grues ont remplacé les vautours et les corbeaux.

Mon oncle était alors dans sa première jeunesse, âge où les sentiments n'ont qu'un élan confus dans lequel le bien et le mal ne sont point encore distincts, âge où toute expérience nouvelle, fût-elle inhumaine et macabre, est toute trépidante et chaude d'amour pour la vie.

— Et les corbeaux ? Et les vautours ? demanda-t-il. Et les autres rapaces ? Où sont-ils allés ?

Il était pâle, mais ses yeux scintillaient.

L'écuyer était un soldat noiraud, moustachu, qui ne levait jamais les yeux.

— À force de manger des cadavres de pestiférés, ils ont attrapé la peste eux aussi, dit-il en indiquant de sa lance des buissons noirs qu'un regard attentif révélait faits non de feuillages mais de plumes et de pattes desséchées de rapaces.

— On ne peut pas savoir lequel est mort le premier, de l'homme ou de l'oiseau, et lequel s'est jeté sur l'autre pour le déchirer, dit Kurt.

Pour fuir la peste qui exterminait les populations, des familles entières s'étaient mises en route à travers les campagnes et l'agonie les avait saisies là. Dans des enchevêtrements de carcasses disséminées au travers de la plaine aride, on voyait des corps d'hommes et de femmes nus, rendus méconnaissables par les bubons et, — ce qui paraissait d'abord inexplicable — couverts de plumes : comme si de leurs bras et de leurs côtes décharnées il avait poussé des plumes et des ailes noires. C'étaient les charognes de vautours mélangées à leurs dépouilles.

De nombreuses traces de combats parsemaient déjà le terrain. L'allure des deux hommes s'était faite plus lente, parce que les deux chevaux se cabraient et faisaient des écarts.

— Qu'est-ce qu'il leur prend, à nos chevaux ? demanda Médard à son écuyer.

— Seigneur, lui répondit l'écuyer, il n'y a rien que les chevaux détestent autant que l'odeur de leurs propres tripes.

En effet, le bout de plaine qu'ils étaient en train de traverser était parsemé de charognes de cheval, les unes couchées sur le dos, les sabots dressés vers le ciel, d'autres à plat ventre, la ganache enfoncée dans la terre.

— Pourquoi y a-t-il tant de chevaux tombés à cet endroit, Kurt ? demanda Médard.

— Quand le cheval se sent éventré, lui expliqua Kurt, il cherche à retenir ses entrailles. Certains appuient leur ventre sur la terre, d'autres se retournent sur le dos pour les empêcher de pendre. Mais la mort ne tarde pas à les prendre les uns comme les autres.

— Alors, dans cette guerre-ci, ce sont surtout les chevaux qui meurent ?

— Les cimeterres turcs semblent faits tout exprès pour leur ouvrir le ventre d'un seul coup. Plus loin, vous verrez les corps des hommes. Ce sont les chevaux qui commencent, le tour des cavaliers vient après. Mais voilà, le camp est là.

On voyait se dresser à l'horizon le pinacle des tentes les plus hautes, les étendards de l'armée impériale, et de la fumée.

Galopant de l'avant, ils s'aperçurent que les morts de la dernière bataille avaient été presque tous enlevés et ensevelis. On n'apercevait plus que quelques membres épars, en particulier des doigts posés sur les chaumes.

— De temps en temps il y a un doigt qui nous indique la route, demanda mon oncle Médard. Qu'est-ce que cela veut dire ?

— Que Dieu leur pardonne ! Les vivants coupent les doigts des morts pour emporter leurs bagues.

— Qui va là ? leur demanda une sentinelle dont la capote était couverte de mousses et de moisissures comme l'écorce d'un arbre exposé au vent du Nord.

— Vive la sacro-sainte couronne impériale ! cria Kurt.

— Et mort au Sultan ! répondit la sentinelle. Mais je vous en prie, lorsque vous arriverez au quartier général, demandez-leur quand ils se décideront à me relever ? Je suis en train de prendre racine !

Maintenant les chevaux couraient pour échapper au nuage de mouches qui entouraient le camp, bourdonnant sur des montagnes d'excréments.

— Pour beaucoup d'hommes valeureux, remarqua Kurt, leurs ordures d'hier sont encore sur la terre alors qu'eux sont déjà au ciel. Et il se signa.

À l'entrée du camp, ils longèrent une rangée de baldaquins sous lesquels des femmes épaisses et frisées, vêtues de longues robes de brocart et les seins nus, les accueillirent par de vilains rires et des cris.

— Ce sont les pavillons des courtisanes, dit Kurt. Aucune autre armée n'en a d'aussi belles.

Déjà mon oncle chevauchait la tête tournée en arrière, pour les regarder.

— Attention, seigneur, ajouta l'écuyer. Elles

sont si malpropres et infectées que les Turcs eux-mêmes n'en voudraient pas comme butin. Maintenant elles ne sont plus seulement couvertes de tiques, de punaises et de morpions ; les scorpions et les lézards verts font leurs nids sur elles.

Ils passèrent devant les batteries de campagne. Le soir, les artilleurs faisaient cuire leur ration de raves à l'eau sur le bronze des espingoles et des canons, rougi tant ils avaient tiré pendant la journée.

Il arrivait des chariots pleins de terre que les artilleurs passaient au tamis.

— La poudre à canon commence déjà à manquer, expliqua Kurt, mais la terre des champs de bataille en est tellement imprégnée qu'en s'en donnant la peine, on peut récupérer quelques charges.

Ensuite on voyait les écuries de la cavalerie. Au milieu des mouches, sans arrêt, les vétérinaires rapetassaient la peau des montures, à l'aide de coutures, de bandages et d'emplâtres de bitume bouillant qui faisaient hennir et ruer tout le monde, même les docteurs.

Suivait sur un long espace le campement de l'infanterie. C'était le coucher du soleil : devant chaque tente les soldats étaient assis les pieds dans des bassines d'eau tiède. Habitués comme ils l'étaient à de brusques alertes tant de nuit que de jour, même à l'heure du bain de pieds ils gardaient leur casque sur la tête et la pique à la main. Dans des tentes plus hautes drapées en forme de kiosque, les officiers se poudraient les aisselles et s'éventaient avec des éventails de dentelle.

— Ce n'est pas qu'ils soient efféminés, déclara Kurt. Au contraire. C'est pour montrer qu'ils se trouvent tout à fait à l'aise dans les difficultés de la vie militaire.

Le vicomte de Terralba fut tout de suite introduit auprès de l'empereur. Dans son pavillon rempli de tapisseries et de trophées, le souverain étudiait sur des cartes géographiques le plan des batailles à venir. Les tables étaient encombrées de cartes déroulées : l'empereur y plantait des épingles en les prenant sur une pelote que lui tendait un de ses maréchaux. Les cartes étaient désormais tellement chargées d'épingles qu'on n'y comprenait plus rien ; pour pouvoir y lire quelque chose, il fallait enlever les épingles et les replacer ensuite. C'est ainsi qu'à force d'ôter et de remettre, pour conserver leurs mains libres, tant l'empereur que les maréchaux gardaient les épingles entre les lèvres et ne pouvaient parler que par grognements.

À la vue du jeune homme qui s'inclinait devant lui, le souverain émit un grommellement d'interrogation et retira immédiatement toutes les épingles de sa bouche.

— Un chevalier qui vient d'arriver d'Italie, Majesté (c'est ainsi qu'on le présenta). Le vicomte de Terralba, d'une des plus nobles familles du pays génois.

— Qu'il soit nommé sur-le-champ lieutenant !

Mon oncle, au garde-à-vous, joignit les talons en cognant ses éperons, tandis que l'empereur faisait un ample geste royal et que toutes les cartes géographiques s'enroulaient sur elles-mêmes et dégringolaient.

Cette nuit-là, bien que fatigué, Médard tarda à s'endormir. Il marchait en long et en large près de sa tente ; il entendait l'appel des sentinelles, le hennissement des chevaux, les paroles entrecoupées de quelque soldat endormi. Il regardait dans le ciel les étoiles de Bohême, pensait à son nouveau grade, à la bataille du lendemain, à sa patrie lointaine, aux bruissements de roseaux qu'on y entendait dans les torrents. Il n'avait dans le cœur ni nostalgie, ni doute, ni appréhension. Pour lui, les choses étaient encore intactes, indiscutables, et tel était-il lui-même. S'il avait pu prévoir le sort terrible qui l'attendait, peut-être l'aurait-il trouvé lui aussi naturel et parfait, malgré toute sa douleur. Il aiguisait ses yeux sur l'extrême limite de l'horizon nocturne, là où il savait que se trouvait le camp ennemi et, les bras croisés, enserrait ses épaules de ses mains, content d'avoir à la fois la certitude de réalités lointaines et variées, et celle de sa propre présence au milieu d'elles. Il sentait le sang de cette guerre cruelle, répandu sur la terre en milliers de ruisseaux, affluer jusqu'à lui — et se laissait lécher par eux sans ressentir d'acharnement ni de pitié.

II

La bataille commença ponctuellement à dix heures du matin. Du haut de sa selle, le lieutenant Médard contemplait le vaste déploiement de l'armée chrétienne prête à attaquer, et tendait le visage à ce vent de Bohême qui soulevait une odeur de balle de blé comme s'il passait sur une aire poussiéreuse.

— Non, ne vous retournez pas, seigneur ! s'écria Kurt, qui se tenait à son côté, avec le grade de sergent.

Et, pour justifier cette phrase péremptoire, il ajouta à voix basse :

— On dit qu'avant le combat, ça porte malheur.

En réalité, il avait peur que le vicomte ne se décourageât s'il s'apercevait que l'armée chrétienne ne consistait qu'en cette première rangée déployée, et que les forces auxiliaires se composaient de quelques rares escouades de fantassins mal en point.

Mais mon oncle regardait, dans le lointain, le

nuage qui s'approchait à l'horizon, et il pensait :
« Ce nuage, ce sont les Turcs, de vrais Turcs, et
ceux qui sont à mes côtés en train de chiquer du
tabac, ce sont les vétérans de la chrétienté, et
cette trompette qui sonne en ce moment c'est
l'attaque, la première attaque de ma vie, et ce
grondement et cette secousse, et ce bolide qui
s'enfonce en terre et que les vétérans et les chevaux regardent avec un air blasé, c'est un boulet
de canon, le premier boulet de canon ennemi que
je rencontre. Plaise au Ciel que ne vienne pas le
jour où il me faudra dire : c'est le dernier. »

Sabre au clair, il se sentit galoper dans la plaine,
les yeux fixés sur l'étendard impérial qui se montrait et disparaissait dans la fumée, tandis que les
canonnades amies tournoyaient dans le ciel au-
dessus de sa tête, que les ennemis ouvraient déjà
des brèches dans le front des chrétiens et faisaient jaillir de brusques ombrelles de terre. Il pensait : « Je vais voir les Turcs ! Je vais voir les
Turcs. » Rien ne plaît autant aux hommes que
d'avoir des ennemis, puis de voir s'ils sont réellement tels qu'on les imaginait.

Il les vit, les Turcs. Il en arrivait deux juste de
son côté. Des chevaux caparaçonnés, un petit
bouclier de cuir rond, une casaque rayée noir et
safran. Et aussi un turban, une figure ocre et des
moustaches comme cet homme qu'on appelait à

Terralba « Miché le Turc ». L'un des deux Turcs tomba mort, et l'autre en tua un autre. Mais il en arriva Dieu sait combien et ce fut le combat à l'arme blanche. Quand on avait vu deux Turcs, c'était comme si on les avait tous vus. Eux aussi c'étaient des militaires, et tous ces effets qu'ils portaient, c'était fourni par l'armée. Leurs visages étaient cuits et têtus, comme ceux des paysans. Pour ce qui était de les voir, maintenant Médard les avait vus ; il aurait pu rentrer chez nous, à Terralba, juste à temps pour le passage des cailles. Seulement, c'était pour faire la guerre qu'il s'était engagé. Alors il courut en évitant les coups de cimeterre jusqu'à ce qu'il trouvât un Turc de petite taille, à pied, et il tua ce Turc. Ayant vu comment on faisait, il alla en chercher un grand, à cheval, et il eut tort. Parce que c'étaient les petits qui étaient dangereux. Ils se glissaient sous les chevaux et les éventraient avec leurs cimeterres.

Le cheval de Médard s'arrêta en écartant les jambes.

— Qu'est-ce que tu fais ? dit le vicomte.

Kurt s'approcha et montra le sol.

— Regardez donc par là !

Tous ses boyaux étaient déjà par terre. Le pauvre animal eut un regard en haut, vers son maître, puis il baissa la tête comme s'il voulait brouter ses intestins, mais ce n'était là qu'étalage d'héroïsme ;

il défaillit et mourut. Médard de Terralba restait sans monture.

— Prenez mon cheval, mon lieutenant, lui dit Kurt, mais il ne parvint pas à retenir son cheval parce que, atteint par une flèche turque, il tomba de sa selle — et le cheval s'enfuit.

— Kurt ! cria le vicomte en s'approchant de son écuyer qui gémissait à terre.

— Ne pensez pas à moi, seigneur, dit l'écuyer. Espérons seulement qu'il reste du marc à l'hôpital. Chaque blessé a droit à une assiette à soupe de marc.

Mon oncle Médard se jeta dans la mêlée. Le sort de la bataille était incertain. Dans ce désordre, les chrétiens semblaient prendre le dessus. Il est certain qu'ils avaient crevé le front turc et contourné certaines positions. Mon oncle, et d'autres courageux avec lui, avait poussé jusque sous les batteries ennemies que les Turcs déplaçaient, pour garder les chrétiens sous leur feu. Deux artilleurs turcs faisaient tourner un canon monté sur roues. Lents comme ils étaient, barbus, emmitouflés jusqu'aux pieds, ils avaient l'air de deux astronomes.

— J'arrive et je vais les arranger ! dit mon oncle.

Enthousiaste et sans expérience, il ne savait pas qu'on ne doit aborder les canons que de côté ou par la culasse. Lui, sabre au clair, sauta juste en face de la bouche à feu, dans l'idée de faire peur aux deux astronomes. Au lieu de quoi c'est eux qui lui tirèrent un coup de canon en pleine poitrine. Médard de Terralba sauta en l'air.

Le soir, au moment de la trêve, deux chariots passèrent ramasser les corps des chrétiens sur le champ de bataille. L'un était pour les blessés et l'autre pour les morts. On faisait le premier tri sur le champ de bataille même : « Celui-ci, c'est pour moi, celui-là, tu le prends. » Ceux chez qui il semblait qu'il y eût encore quelque chose à sauver, on les mettait sur le chariot des blessés, ceux qui n'étaient plus que quartiers et lambeaux allaient sur le chariot des morts pour avoir une sépulture bénie ; ce qui n'était même plus un cadavre, on le laissait en pâture aux cigognes. Au cours de ces jours-là, vu l'abondance des pertes, on avait donné ordre d'abonder plutôt dans le sens des blessés. C'est ainsi que les restes de Médard furent considérés comme un blessé et placés sur un chariot.

Le second tri se faisait à l'ambulance. Après les batailles, l'ambulance offrait un spectacle encore plus atroce que les batailles mêmes. Par terre, c'était la longue file des civières de malheureux, et tout autour les docteurs sévissaient, s'arrachant des mains les pinces, les scies, les aiguilles, les membres amputés et les pelotes de ficelle. Mort pour mort, à tous les cadavres, ils faisaient tout ce qui était possible pour les rendre à la vie. Et je te scie par-ci et je te couds par-là, et je te tamponne des lésions et je te retourne des veines en doigts de gants pour les remettre en place avec plus de ficelle que de sang à l'intérieur mais bien rapiécées et bien étanches. Quand un patient mourait, tout ce qu'il avait de bon servait à rapetasser les membres d'un autre, et ainsi de suite. Ce qui donnait le plus de fil à retordre, c'étaient les intestins : une fois déroulés on ne savait plus comment les replacer.

Quand on retira le drap qui couvrait le vicomte, on vit son corps effroyablement mutilé. Non seulement il lui manquait un bras et une jambe, mais tout ce qu'il y avait de thorax et d'abdomen entre ce bras et cette jambe avait été emporté, pulvérisé par ce coup de canon à bout portant. Pour la tête, il n'en restait qu'un œil, une oreille, une joue, la moitié du nez, la moitié de la bouche, la moitié du menton et la moitié du front : de l'autre moitié, il ne subsistait qu'une bouillie. Pour résumer, il ne demeurait plus qu'une moitié de lui, la moitié droite, du reste parfaitement conservée, sans une égratignure, à part l'énorme déchirure qui l'avait séparée de la moitié gauche réduite en miettes.

Les médecins étaient ravis. « Oh, quel cas

magnifique ! » S'il ne mourait pas entre-temps, ils allaient même essayer de le sauver. Et tous de s'occuper de lui pendant que les pauvres soldats qui n'avaient reçu qu'une flèche dans le bras mouraient de septicémie. Ils firent des coutures, des applications, des emplâtres, Dieu sait ce qu'ils firent ! Le fait est que le lendemain, mon oncle ouvrit son unique œil, sa demi-bouche, dilata sa narine et respira. La forte fibre des Terralba avait tenu. Il était, maintenant, vivant et pourfendu.

III

J'avais sept ou huit ans quand mon oncle revint à Terralba. Ce fut un soir : il faisait déjà sombre : on était en octobre : le ciel était couvert. Dans la journée, nous avions vendangé ; à travers les cordons de vignes nous voyions approcher sur la mer grise les voiles d'un navire battant pavillon impérial. À cette époque, dès qu'on apercevait un navire, on disait : « C'est maître Médard qui revient. »

Non que nous fussions impatients qu'il revînt ; mais il fallait bien avoir quelque chose à attendre. Cette fois-là, nous avions deviné juste ; nous en eûmes la preuve le soir quand un jeune homme nommé Florfier, qui foulait le raisin, se mit à crier de la cuve :

— Oh ! Là-bas !

Il faisait presque noir et nous vîmes au fond de la vallée une file de torches s'allumer le long du sentier muletier. Puis quand le cortège passa sur le pont, nous distinguâmes une litière portée à bras. Pas de doute, c'était le vicomte qui revenait de la guerre.

Le bruit se répandit dans toutes les vallées ; les gens s'attroupèrent dans la cour du château : famille, domestiques, vendangeurs, bergers, hommes d'armes. Il ne manquait que le père de Médard, le vieux vicomte Aiulphe, mon grand-père, lequel, depuis longtemps, ne descendait même plus dans la cour. Las des soucis mondains, il avait renoncé aux prérogatives de son titre en faveur de son unique enfant mâle, avant le départ de celui-ci pour la guerre. Sa passion pour les oiseaux qu'il élevait à l'intérieur du château dans une grande volière, était devenue de plus en plus exclusive : le vieillard avait fait porter son lit à l'intérieur de la volière, s'y était enfermé et ne sortait de là ni de jour ni de nuit. On lui tendait ses repas à travers les barreaux de la volière, en même temps que la pâtée des oiseaux : Aiulphe partageait tout avec eux. Il passait ses heures à caresser sur le dos ses faisans et ses tourterelles en attendant que son fils revînt de la guerre.

Je n'avais jamais vu tant de gens dans la cour de notre château ; le temps des fêtes et des guerres entre voisins était passé ; j'en avais seulement entendu parler ; je m'aperçus pour la première fois combien les murs et les tours étaient en ruine, combien boueuse était la cour où nous avions l'habitude de donner leur herbe aux chèvres et leur pâtée aux cochons. Tandis qu'on attendait, tout le monde parlait de l'état dans lequel reviendrait le vicomte Médard. Depuis longtemps on avait appris que les Turcs lui avaient fait de graves blessures : mais nul ne savait encore de façon précise s'il était mutilé ou infirme, ou simplement défiguré par des cicatrices. Maintenant, le fait d'avoir vu cette litière nous préparait au pire.

Et voici qu'on posa la litière à terre et qu'au milieu de l'ombre noire, on vit briller une pupille. La grande vieille nourrice Sébastienne fit mine de s'approcher ; mais dans l'ombre une main se leva pour faire un geste dur de refus. Puis on perçut le corps de la litière agité d'un effort anguleux et convulsif, et, devant nous, Médard de Terralba bondit sur pied en s'étayant d'une béquille. Un manteau noir à capuchon descendait de sa tête jusqu'à terre. Du côté droit, ce manteau était rejeté en arrière, découvrant la moitié du visage et la moitié du corps agrippée à la béquille. À gauche tout semblait caché, enveloppé dans les plis et replis de cette vaste draperie.

Il s'arrêta pour nous regarder, nous qui faisions cercle autour de lui, sans mot dire. Mais peut-être aussi que son œil fixe ne nous regardait pas du tout, et qu'il voulait simplement nous écarter de lui. Une bouffée de vent monta de la mer, une branche cassée gémit à la cime d'un figuier. Le manteau de mon oncle ondula, le vent le gonfla, le tendit comme une voile et sembla traverser le corps ; bien mieux, on eût cru que ce corps n'existait même pas, que ce manteau était vide, comme celui d'un fantôme. En regardant mieux, nous vîmes qu'il adhérait au vicomte comme à la hampe un drapeau. La hampe c'étaient l'épaule, le bras, la hanche, la jambe, tout ce qui, de lui, s'appuyait sur la béquille. Le reste n'existait pas.

Les chèvres considéraient le vicomte de leur œil inexpressif et vide, chacune tournée de façon différente, mais toutes serrées ensemble de façon que leurs dos faisaient un bizarre dessin tout en angles droits. Les cochons, plus sensibles et plus vifs, poussèrent des cris aigus et s'enfuirent en entrechoquant leurs ventres. Alors nous-mêmes ne réussîmes plus à dissimuler notre effroi.

— Mon fils ! cria la nourrice Sébastienne en levant les bras. Pauvre petit malheureux !

Contrarié de nous avoir fait une impression semblable, mon oncle posa le bout de sa béquille devant lui sur le terrain et, d'un mouvement de compas, s'élança vers l'entrée du château. Mais les porteurs de sa litière s'étaient assis, les jambes croisées, sur les marches du portail, de vilains bougres à demi nus avec des boucles d'oreilles d'or et des mèches de cheveux faisant comme une crête ou une queue sur leur crâne rasé. Ils se levèrent et l'un d'eux, qui portait une natte et semblait le chef, déclara :

— Nous attendons notre salaire, señor.

— Combien ? demanda Médard et on eut l'impression qu'il riait.

L'homme à la natte lui répondit :

— Vous savez quel est le tarif pour le transport d'un homme en litière...

Mon oncle décrocha une bourse de sa ceinture et la jeta, sonnante, aux pieds du porteur. Celui-ci la soupesa à peine et déclara :

— Mais c'est beaucoup moins que la somme convenue, señor !

— La moitié ! dit Médard tandis que le vent relevait les pans de son manteau. Il enjamba le porteur à cloche-pied, entra par la porte grande ouverte qui conduisait à l'intérieur du château, poussa à coups de béquille les deux lourds battants qui se refermèrent avec fracas, et comme le portillon était resté encore ouvert, il le claqua et disparut. Nous continuâmes d'entendre à l'intérieur les coups sourds alternés de son pied et de sa béquille se dirigeant le long des corridors vers l'aile du château où étaient ses appartements privés et, là encore, claquer et verrouiller les portes.

Immobile derrière les barreaux de la volière,

son père l'attendait. Médard n'était pas même passé pour le saluer. Il s'enferma tout seul dans sa demeure et ne voulut pas se montrer ou répondre, même à sa nourrice Sébastienne qui resta longtemps à frapper à sa porte et à le plaindre.

La vieille Sébastienne était une grande femme tout de noir habillée et voilée, le visage rose et sans une ride, sauf celle qui lui cachait presque les yeux. Elle avait allaité tous les jeunes de la famille Terralba, et avait couché avec tous les vieux, et fermé les yeux à tous les morts. Elle allait et venait le long des galeries, de l'un à l'autre des deux prisonniers, ne sachant comment faire pour venir à leur aide.

Le lendemain, comme Médard continuait à ne pas donner signe de vie, nous nous remîmes à la vendange ; mais nous n'avions plus de gaieté, et, dans les vignes on ne parlait que de son destin. Non qu'il nous tînt beaucoup au cœur ; mais le sujet était obscur et attrayant. Seule la nourrice Sébastienne resta au château, épiant attentivement tous les bruits.

Mais le vieil Aiulphe, comme s'il avait pu prévoir que son fils reviendrait à ce point triste et sauvage, avait dressé depuis longtemps un des oiseaux qu'il aimait le mieux, une pie-grièche grise, à voler jusqu'à l'aile du château qu'habitait Médard et à entrer dans sa chambre par la fenêtre.

Ce matin-là, le vieillard ouvrit sa petite porte à la pie-grièche et suivit son vol jusqu'à la fenêtre de son fils. Après quoi il se remit à répandre de la graine pour ses pies et ses mésanges en imitant leurs sifflements.

Au bout d'un moment, il entendit le bruit d'un objet projeté contre la fenêtre. Il se pencha et sur l'appui de la fenêtre, trouva sa pie-grièche raide morte. Le vieillard la prit dans le creux de sa main, et vit qu'une des ailes était brisée comme si on avait essayé de l'arracher, qu'une des pattes était mutilée comme si on l'avait coupée entre deux doigts, et qu'un œil avait été arraché. Le vieillard serra la pie-grièche sur sa poitrine et se prit à pleurer.

Il se mit au lit le jour même et, de l'autre côté des barreaux de la volière, ses serviteurs virent qu'il allait très mal. Mais personne ne put aller le soigner car il s'était enfermé en cachant les clefs. Les oiseaux voltigeaient autour de son lit. Depuis qu'il s'était couché, tous s'étaient mis à voleter, et ils ne voulaient ni se poser ni cesser de battre des ailes.

Le lendemain matin, quand la nourrice se présenta devant la volière, elle vit que le vicomte Aiulphe était mort. Les oiseaux s'étaient tous posés sur son lit, comme sur un tronc flottant au milieu de la mer.

IV

Après la mort de son père, Médard commença de sortir du château. C'est encore la nourrice Sébastienne qui s'en aperçut la première, un matin, quand elle trouva les portes grandes ouvertes et les pièces désertes. On envoya une équipe de serviteurs suivre les traces du vicomte à travers la campagne. Les serviteurs couraient. Ils passèrent sous un poirier qu'ils avaient vu, la veille, couvert de fruits tardifs encore verts.

— Regarde là-haut ! dit un des domestiques.

Ils virent les poires qui pendaient devant le ciel de l'aube, et furent pris de terreur. Elles n'étaient pas entières ; c'étaient des moitiés de poires suspendues à leur queue, mais coupées en long. Il ne subsistait de chaque poire que la moitié de droite (ou celle de gauche, suivant l'endroit d'où on les regardait, mais elles étaient toutes coupées du même côté). L'autre moitié avait disparu, sectionnée ou peut-être happée à belles dents.

— Le vicomte a passé par ici ! dirent les domestiques.

Certainement qu'après avoir été enfermé à jeun des jours et des jours, il avait eu faim cette nuit-là et il était monté sur le premier arbre rencontré pour manger des fruits.

En continuant, les serviteurs rencontrèrent sur une pierre une demi-grenouille restée vivante et qui sautait encore de par cette force particulière qu'ont les grenouilles.

— Nous sommes sur la bonne piste, dirent-ils. Et ils continuèrent. Ils s'égarèrent parce qu'ils n'avaient pas aperçu au milieu des feuilles un demi-melon. Il leur fallut retourner sur leurs pas jusqu'à ce qu'ils l'aient trouvé.

Passant des champs dans le bois, ils virent un champignon coupé par le milieu, d'abord un cèpe, puis un autre, un bolet rouge vénéneux. Au fur et à mesure qu'ils parcouraient le bois, ils continuaient de trouver, isolément, ces demi-champignons sortant de terre avec un demi-chapeau sur un demi-pied. Ils semblaient divisés nettement, et l'on ne trouvait même pas un seul spore de l'autre moitié. C'étaient des champignons de toutes les espèces : des vesses-de-loup, des oronges, des agarics ; il y en avait à peu près autant de vénéneux que de comestibles.

En suivant ces traces disséminées, les domestiques arrivèrent au « Pré des Nonnes » où il y a un étang au milieu de l'herbe. C'était l'aurore. Au bord de l'étang, la mince silhouette de Médard, enroulé dans son manteau noir, se reflétait dans l'eau où flottaient des champignons blancs, jaunes ou couleur de terre. C'étaient les moitiés de champignons qu'il avait emportées ; elles étaient éparses, à présent, sur cette surface transparente. Sur l'eau, les champignons semblaient entiers, et le vicomte les regardait. Les serviteurs se cachèrent sur l'autre berge de l'étang sans rien oser dire, regardant eux aussi les champignons flotter. Enfin, ils s'aperçurent qu'il n'y avait là que des champignons comestibles. Et les vénéneux ? S'il ne les avait pas jetés dans l'étang, qu'en avait-il fait ? Les serviteurs reprirent leur course dans le bois. Ils n'eurent pas à aller loin ; sur le sentier ils rencontrèrent un petit enfant portant un panier : tous les demi-champignons vénéneux étaient dans le panier.

Cet enfant, c'était moi. Pendant la nuit, auprès du Pré des Nonnes je jouais tout seul à me faire peur en débouchant brusquement d'entre les arbres, quand j'avais rencontré mon oncle sautant à cloche-pied au travers du pré, au clair de la lune, un panier au bras.

— ... jour, mon oncle ! lui avais-je crié. C'était la première fois que j'arrivais à le lui dire.

Lui, avait paru contrarié de me voir.

— Je vais aux champignons ! m'expliqua-t-il.

— Tu en as trouvé ?

— Regarde ! me dit mon oncle.

Et nous nous assîmes au bord de l'étang. Lui triait les champignons, jetant les uns dans l'eau et gardant les autres dans son panier.

— Tiens ! me dit-il en me donnant le panier avec les champignons qu'il avait choisis. Tu te les feras fricasser.

J'aurais voulu lui demander pourquoi il n'y avait, dans son panier, que des moitiés de champignons. Mais je me rendis compte que la question aurait été irrévérencieuse. Je le remerciai et m'enfuis. J'allais me les faire fricasser quand je rencontrai la troupe des domestiques et j'appris qu'ils étaient tous vénéneux.

Quand on lui raconta l'histoire, la nourrice Sébastienne déclara :

— C'est la mauvaise moitié de Médard qui est revenue. Qu'est-ce que cela va donner aujourd'hui au procès ?

Ce jour-là, on devait faire le procès d'une bande de brigands arrêtés la veille par les sbires du château. Les brigands appartenaient à notre territoire. C'était donc le vicomte qui devait les juger. On installa le tribunal ; Médard était assis de travers sur son siège et se mordait un ongle. On vit s'avancer les brigands enchaînés : le chef de la bande était ce jeune homme appelé Florfier qui avait été le premier à découvrir la litière tandis qu'il foulait son raisin. Vinrent les plaignants : c'était une compagnie de gentilshommes toscans qui, se dirigeant vers la Provence, passaient à travers nos bois quand Florfier et sa bande les avaient attaqués et volés. Florfier se défendit en déclarant que ces chevaliers étaient venus braconner sur nos terres, et qu'il les avait attaqués et désarmés, en croyant précisément que c'étaient des braconniers, étant donné que les sbires ne s'en occupaient pas. Il faut dire qu'au cours de ces années-là, les attaques des brigands étaient une forme d'activité très répandue, pour laquelle la loi était clémente. Et puis nos pays se prêtaient particulièrement au brigandage. À telle enseigne que, parfois, particulièrement aux époques troublées, des membres de notre famille s'unissaient aux bandes de brigands. Pour le braconnage, n'en parlons pas : c'était le plus mince délit qu'on pût imaginer.

Mais les appréhensions de la nourrice Sébastienne étaient fondées. Médard condamna Florfier et toute sa bande à être pendus comme coupables de rapine. Mais comme ceux qui avaient été volés s'étaient eux-mêmes rendus coupables de braconnage, il les condamna eux aussi à la potence. Et, pour punir les sbires d'être intervenus trop tard et de n'avoir su prévenir ni les méfaits des braconniers, ni ceux des brigands, il décréta la mort par pendaison pour eux également.

Cela faisait en tout une vingtaine de personnes. Cette cruelle sentence nous affligea et nous consterna tous, non pas tant pour les gentilshommes toscans, que personne n'avait vus avant, que pour les brigands et les sbires, qui étaient généralement appréciés. Maître Pierreclou, sellier et charpentier, fut chargé de construire la potence. C'était un travailleur intelligent et sérieux qui se donnait tout entier à chacune de ses tâches. La mort dans l'âme, parce que deux des condamnés étaient de sa parenté, il construisit une potence ramifiée à la façon d'un arbre dont les cordes montaient toutes à la fois, manœuvrées par un seul cabestan. C'était une machine tellement grande et d'une telle ingéniosité qu'on pouvait pendre en même temps un nombre de personnes supérieur à celui des condamnés, si bien que le vicomte en profita pour pendre dix chats, en alternant un chat et deux hommes. Les cadavres raidis et les charognes de chats restèrent pendus trois jours et, tout d'abord, personne n'avait le cœur de les regarder. Mais on eut vite fait de s'apercevoir du spectacle imposant que cela constituait, et nos jugements divergèrent à tel point qu'on regretta de les voir décrocher et démonter la grande machine.

V

C'étaient là pour moi des temps heureux ; j'étais toujours à travers bois avec le docteur Trelawney en train de chercher des coquilles d'animaux marins transformés en pierres. Le docteur Trelawney était anglais ; il était arrivé sur nos côtes, après un naufrage, à califourchon sur un tonneau de bordeaux. Il avait été toute sa vie médecin de la marine et avait pris part à de longs voyages dangereux parmi lesquels les explorations du fameux capitaine Cook. Mais il n'avait jamais rien vu du monde parce qu'il était toujours resté dans l'entrepont à jouer à tré-sept. Après son naufrage, il avait dans notre pays pris goût au vin nommé « cancaroun », le plus rêche et le plus épais de chez nous, et ne pouvait plus s'en passer, à tel point qu'il en portait toujours une gourde pleine en bandoulière. Il était resté à Terralba et était devenu notre médecin ; mais il ne s'intéressait pas aux malades, uniquement préoccupé de ses découvertes scientifiques qui lui faisaient arpenter — en ma compagnie — les champs et les bois, jour et nuit. Ç'avait d'abord été une maladie des grillons, maladie imperceptible dont ne souffrait qu'un grillon sur mille : encore n'en ressentait-il aucun préjudice. Le docteur Trelawney voulait chercher tous les grillons atteints et trouver la cure adéquate. Puis les traces du temps où la mer recouvrait nos terres. Alors nous nous chargions de galets et de silex que le docteur disait avoir été, en leur temps, des poissons. Enfin, sa dernière grande passion avait été les feux follets. Il voulait trouver la manière de les prendre et de les conserver ; c'est pourquoi nous passions les nuits en arpentant notre cimetière dans l'attente qu'entre les tombes de terre et d'herbe s'allumât une de ces clartés errantes. Alors nous nous efforcions de l'attirer à nous, de la faire courir derrière nous et de la capturer sans l'éteindre dans des récipients que nous expérimentions l'un après l'autre : sacs, fiasques, dames-jeannes dépaillées, chaufferettes, passoires à bouillon. Le docteur Trelawney avait fait sa demeure d'une bicoque, proche du cimetière, qui avait été la maison du fossoyeur à cette époque de faste, de guerre et d'épidémies où il fallait entretenir un homme à ne pas faire autre chose que ce métier. C'est là que le docteur avait installé son laboratoire, avec des flacons de toute forme pour embouteiller les feux follets, des filets comme ceux qu'on emploie à la pêche pour les attraper, des alambics et des creusets avec lesquels il analysait la façon dont ces pâles flammèches naissent de la terre des cimetières et des miasmes que donnent les cadavres. Mais il n'était pas homme à rester longtemps absorbé dans ses études ; il en avait vite fini, sortait, et nous partions ensemble à la découverte de nouveaux phénomènes de la nature.

J'étais libre comme l'air parce que je n'avais ni père ni mère et que je n'appartenais ni à la catégorie des serviteurs ni à celle des maîtres. Je ne faisais partie de la famille des Terralba qu'en vertu d'une reconnaissance tardive, mais ne portais pas leur nom, si bien que nul n'était tenu de m'éduquer. Ma pauvre mère était la fille du comte Aiulphe, la sœur aînée de Médard. Mais elle avait entaché l'honneur de la famille en s'enfuyant avec un braconnier qui fut mon père. J'étais né dans la cabane du braconnier, au milieu des terrains incultes qui se trouvent au-dessous du bois. Peu après, mon père fut tué au cours d'une rixe : et la pellagre acheva ma mère restée seule dans cette misérable cabane. Je fus alors accueilli au château, parce que mon grand-père Aiulphe eut pitié de moi, et je grandis grâce aux soins de la grande nourrice Sébastienne. Je me souviens que lorsque Médard était encore un petit garçon et moi un enfant, elle me laissait prendre part à ses jeux comme si nous étions de condition égale. Ensuite, entre nous, la distance s'accrut et je restai au niveau des domestiques. Mais dans le docteur Trelawney je trouvai un camarade comme je n'en n'avais jamais eu.

Le docteur avait soixante ans, mais n'était pas plus grand que moi. Il avait le visage aussi ridé qu'un marron sec sous sa perruque et son tricorne. Ses jambes, guêtrées jusqu'à mi-cuisse, semblaient ainsi plus longues, démesurées comme les pattes des grillons et plus immenses encore à cause de ses grands pas. Il était vêtu d'un habit tourterelle à garnitures rouges et portait en bandoulière sa gourde de vin « cancaroun ».

Sa passion des feux follets nous poussait à de longues marches nocturnes pour atteindre les cimetières de villages voisins où l'on pouvait voir parfois des flammes plus belles, pour leurs couleurs et leur grandeur que dans notre cimetière abandonné. Mais gare si nos manœuvres étaient découvertes par les villageois ! Pris pour des pillards sacrilèges, nous fûmes poursuivis un jour pendant plusieurs milles par un groupe d'hommes armés de serpes et de tridents.

Nous nous trouvions dans des lieux escarpés et torrentueux. Le docteur Trelawney et moi sautions à toutes jambes pour dévaler les rochers, mais nous entendions derrière nous les paysans furieux se rapprocher. Dans un lieu appelé « Le Saut de la Trogne », il n'y a qu'une petite passerelle faite de troncs pour traverser un profond abîme. Au lieu de passer la passerelle, le docteur et moi nous cachâmes sur un saillant du rocher à pic sur l'abîme. Juste à temps, car nous avions les paysans sur nos talons. Ils ne nous virent pas, mais se mirent à crier : « Où sont-ils donc, ces bâtards ? » en courant tout droit sur le pont. Un grand craquement : et, en hurlant, ils furent engloutis par le torrent du fond.

L'effroi que nous avions ressenti, Trelawney et moi, devint du réconfort à l'idée du danger évité, puis derechef de l'épouvante en raison de l'horrible fin de nos persécuteurs. C'est à peine si nous osâmes nous pencher pour regarder cette obscurité où les paysans avaient disparu. En levant les yeux nous vîmes les débris de la passerelle : les troncs tenaient encore bon, au milieu seulement ils étaient brisés comme si on les eût sciés. Impossible de nous expliquer autrement comment un gros tronc avait pu céder avec une coupure aussi nette.

« C'est bien la main de qui je sais ! » dit le docteur Trelawney, et moi aussi, j'avais déjà compris.

En effet, on entendit un bruit de sabots rapide, puis on vit paraître au bord du ravin un cheval et un cavalier à moitié enroulé dans un manteau noir.

C'était le vicomte Médard qui contemplait avec son glacial sourire triangulaire la réussite de son piège — imprévue sans doute pour lui-même, car c'est sûrement nous deux qu'il avait voulu tuer ; au contraire, il se trouve qu'il nous avait sauvé la vie. Tremblants, nous le vîmes s'éloigner au galop sur son maigre cheval qui sautait dans les rochers comme si c'était un fils de chèvre.

En ce temps-là, mon oncle était toujours à cheval. Il s'était fait construire par le sellier Pierre-clou une selle spéciale lui permettant de se fixer par des courroies à l'un des étriers, tandis qu'à l'autre étrier était fixé un contrepoids. Une épée et une béquille s'accrochaient à l'un des côtés de la selle. C'est ainsi que le vicomte chevauchait, coiffé d'un chapeau empanaché à larges bords dont la moitié disparaissait sous le pan du manteau constamment voltigeant. Là où l'on entendait les sabots de son cheval, tout le monde se sauvait plus vite qu'au passage de Galatheus le lépreux, en emmenant les enfants et les animaux et en tremblant pour les plantes, parce que la méchanceté du vicomte n'épargnait personne et pouvait se déchaîner d'un moment à l'autre, déterminant de sa part les actions les plus imprévues et les plus incompréhensibles.

Comme il n'avait jamais été malade, il n'avait

jamais eu recours aux soins du docteur Trelawney. Mais, dans cette occurrence, je ne sais comment le docteur s'en serait tiré, lui qui faisait tout pour éviter mon oncle et même empêcher qu'on lui parlât de lui. Quand on l'entretenait du vicomte et de ses cruautés, le docteur Trelawney hochait la tête et retroussait les lèvres en murmurant : « Oh ! oh ! oh !... chut ! chut ! chut ! » comme lorsqu'on lui tenait quelque propos inconvenant. Pour changer de conversation, il se mettait à raconter les voyages du capitaine Cook. J'essayai une fois de lui demander comment, à son avis, mon oncle pouvait vivre ainsi mutilé, mais l'Anglais ne put pas me répondre autre chose que : « Oh ! oh ! oh !... chut ! chut ! chut ! chut ! » On eût dit que, du point de vue médical, mon oncle ne suscitait pas le moindre intérêt chez le docteur, mais je commençais à penser qu'il avait dû devenir médecin de par la volonté de ses parents ou par convenance personnelle, et sans se soucier le moins du monde de la science médicale. Peut-être bien que sa carrière de médecin de bord, il ne la devait pas à autre chose qu'à son adresse au jeu de tré-sept ce pourquoi les plus fameux navigateurs, à commencer par le capitaine Cook, se le disputaient comme partenaire.

Une nuit que le docteur Trelawney pêchait au filet des feux follets dans notre vieux cimetière, il aperçut devant lui Médard de Terralba qui faisait paître son cheval sur les tombes. Le docteur était tout confus et apeuré. Mais le vicomte s'approcha de lui et lui demanda avec cette prononciation extrêmement défectueuse que lui donnait sa bouche pourfendue :

— Vous cherchez des papillons de nuit, docteur ?

— Oh ! milord, répondit le docteur avec un filet de voix. Oh ! pas tout à fait des papillons, milord... Des feux follets, vous savez ? Des feux follets...

— Oui, les feux follets. Souvent, moi aussi je m'en suis demandé l'origine.

— Il y a longtemps, modestie à part, que c'est l'objet de mes études, milord..., reprit Trelawney, un peu réconforté par ce ton bienveillant.

Médard contorsionna pour sourire sa demi-face anguleuse dont la peau se tendait comme sur une tête de mort.

— Comme savant, vous avez droit à toutes les facilités, lui dit-il. Dommage que ce cimetière, abandonné comme il est, ne soit pas un bon terrain pour les feux follets. Mais je vous promets que dès demain je m'efforcerai de vous aider de tout mon possible.

Le lendemain était le jour prévu pour l'administration de la justice. Le vicomte condamna à mort une dizaine de paysans parce que, d'après ses calculs, ils n'avaient pas livré au château la fraction de récolte qui lui revenait. Les morts furent enterrés dans la fosse commune et, chaque nuit, le cimetière projeta une grande abondance de feux follets. Bien que la trouvant très utile pour ses études, le docteur Trelawney était épouvanté de cette aide.

Dans ces tragiques conjonctures, maître Pierreclou avait bien perfectionné son art de construire les potences. C'étaient désormais de véritables chefs-d'œuvre de menuiserie et de mécanique. Et non pas seulement les potences, mais les chevalets, les cabestans, les autres instruments de torture avec lesquels le vicomte Médard arrachait des aveux aux accusés. J'allais souvent dans la boutique de Pierreclou, parce que c'était une belle chose que de le voir travailler avec autant d'adresse et de passion. Mais le sellier avait toujours le cœur en peine. Ce qu'il construisait, c'étaient des potences pour les innocents. « Comment pourrais-je faire, se demandait-il, pour me faire confier la construction d'engins aussi bien agencés mais ayant un but différent ? Quels sont les nouveaux mécanismes que j'assemblerais le plus volontiers ? » Mais, ne trouvant pas de réponse à ces interrogations, il s'efforçait de les chasser de son esprit en s'acharnant à faire des machines aussi belles et aussi ingénieuses que possible.

— Tu dois oublier leur but, me disait-il aussi. Ne les considère que comme des mécaniques. Tu vois comme elles sont belles ?

Je regardais ces échafaudages de poutres, ce va-et-vient de cordes, ces assemblages de treuils et de poulies, et m'efforçais de n'y point voir de corps suppliciés, mais plus je faisais d'efforts, et moins j'y parvenais.

— Comment faire ? disais-je à Pierreclou.

— Et moi, mon garçon, comment est-ce que je fais ? me répliquait-il. Comment est-ce que je fais, moi, alors ?

Malgré la peur et les tortures, ces temps avaient leur part de joie. La plus belle heure venait quand le soleil était haut, la mer en or, que les poules chantaient après avoir pondu leur œuf et que l'on entendait dans les sentiers le son du cor du lépreux. Le lépreux passait tous les matins faire la quête pour ses compagnons d'infortune. Il s'appelait Galatheus et portait suspendu à son cou le cor de chasse dont le son annonçait de loin son approche. Les femmes, entendant le cor, posaient au coin d'un petit mur des œufs, ou des courgettes, ou des tomates, parfois même un petit lapin dépouillé, puis allaient se cacher en emmenant leurs enfants, parce que personne ne doit rester sur les routes quand passe le lépreux : la lèpre s'attrape à distance et même voir le lépreux est dangereux. Précédé de ses sonneries de cor, Galatheus avançait tout doucement dans les chemins déserts, un grand bâton à la main, couvert d'une robe toute déchirée, qui touchait terre. Il avait de longs cheveux jaunes bourrus comme de l'étoupe, avec une figure ronde et blanche déjà légèrement déformée par la lèpre. Il rassemblait les dons, les mettait dans sa hotte, et, de sa voix mielleuse, criait des remerciements vers les maisons où les paysans se tenaient cachés, mais en y mettant toujours quelque allusion comique ou malicieuse.

En ce temps-là, dans les pays proches de la mer, la lèpre était une maladie courante. Il y avait, près de chez nous un petit village, Préchampignon, habité seulement par des lépreux, auxquels nous étions tenus de faire les dons que récoltait, précisément, Galatheus. Quand quelqu'un de la plage ou de la campagne attrapait la lèpre, il quittait ses parents et ses amis et s'en allait à Préchampignon attendre d'être dévoré par la maladie. On parlait de grandes fêtes données pour accueillir tous les nouveaux venus. De loin, on entendait jusqu'à la nuit monter des maisons de la musique et des chants.

On racontait beaucoup de choses de Préchampignon, bien qu'aucune personne en bonne santé n'y fût jamais allée. Mais tous les bruits concouraient à faire croire que la vie n'y était qu'une perpétuelle cocagne. Avant de devenir un village de lépreux, le village était un repaire de prostituées où se donnaient rendez-vous des marins de toutes races et de toutes religions, et, semble-t-il, les femmes avaient encore conservé les mœurs licencieuses de cette époque. Les lépreux ne travaillaient pas la terre, à l'exception d'une vigne de raisin pinot dont le petit vin les maintenait toute l'année dans un état de légère ébriété. La grande occupation des lépreux était de jouer d'étranges instruments de musique de leur invention, comme certaines harpes aux cordes desquelles étaient suspendues de nombreuses sonnettes, de chanter en fausset, et de peindre des œufs de toutes les couleurs comme si c'était toujours Pâques. Ainsi s'alanguissant dans de douces harmonies, des guirlandes de jasmin passées autour de leurs visages défigurés, ils oubliaient la société humaine dont leur maladie les avait séparés.

Aucun médecin du pays n'avait jamais voulu prendre soin des lépreux, mais quand Trelawney vint s'établir parmi nous, certains espérèrent qu'il voudrait bien consacrer sa science à guérir cette plaie de nos régions. Moi aussi, je partageais cet espoir, à ma manière d'enfant : il y avait longtemps que j'avais grande envie de pousser jusqu'à Préchampignon et d'assister aux fêtes des lépreux, et si le docteur s'était mis à expérimenter ses drogues sur ces malheureux, peut-être me permettrait-il quelquefois de l'accompagner jusque dans le village. Mais rien de cela n'arriva. À peine entendait-il le cor de Galatheus que le docteur Trelawney se sauvait à toutes jambes ; nul ne semblait plus que lui redouter la contagion. J'essayai parfois de l'interroger sur la nature de cette maladie ; il ne me donna chaque fois que des réponses évasives et gênées, comme si le seul mot de « lèpre » suffisait à le mettre mal à l'aise.

Au fond, je ne sais pas pourquoi nous nous obstinions à le considérer comme un médecin. Pour les bêtes, surtout les toutes petites, pour les pierres, pour les phénomènes naturels, son attention était extrême. Mais les êtres humains et leurs infirmités le remplissaient d'effroi et de malaise. Il avait horreur du sang, ne touchait les malades que du bout des doigts et, devant les cas graves, se tamponnait le nez avec un mouchoir de soie mouillé de vinaigre. Pudique comme une jeune fille, il rougissait en voyant un corps nu. Si donc il s'agissait d'une femme, il baissait les yeux et bégayait : des femmes, au cours de ses longs voyages à travers les océans, il ne semblait pas en avoir jamais connu. Heureusement qu'en ce temps-là, chez nous, les accouchements étaient l'affaire des sages-femmes, et non des médecins ; autrement qui sait comment il aurait pu se tirer d'affaire ?

Mon oncle eut la lubie des incendies. Dans la nuit, tout à coup, le fenil de malheureux paysans brûlait, ou bien un arbre destiné à fournir du bois, ou tout un bosquet. Alors, jusqu'au matin, on se passait de main en main des seaux d'eau pour éteindre les flammes. Les victimes étaient toujours de pauvres diables qui avaient eu maille à partir avec le vicomte en raison de ses ordonnances de plus en plus sévères et injustes et des taxes qu'il avait doublées. Non content d'incendier les biens, il commença de mettre le feu aux habitations ; il paraît qu'il s'approchait la nuit, lançait des amorces enflammées sur les toits, puis se sauvait à cheval ; mais nul n'avait jamais réussi à le prendre sur le fait. Une fois, deux vieillards y laissèrent la vie. Une fois, un enfant en garda la tête comme scalpée. Chez les paysans, la haine augmentait contre lui. Ses ennemis les plus acharnés étaient une famille huguenote habitant les maisons du Val-des-Joncs. Là, les hommes se relayaient pour monter toute la nuit la garde à cheval afin de prévenir les incendies.

Sans la moindre raison plausible, une nuit il poussa jusqu'aux maisons de Préchampignon qui avaient des toits de chaume et lança dessus de la poix enflammée. Les lépreux ont la vertu de ne pas souffrir quand ils rissolent, et s'ils avaient été surpris par les flammes dans leur sommeil, ils ne se seraient certainement plus réveillés. Mais tandis qu'il prenait la fuite au galop, le vicomte entendit s'élever du village une cavatine au violon ; les habitants de Préchampignon veillaient, absorbés par leurs jeux. Ils roussirent tous un peu, mais sans souffrir. Ils s'en amusèrent même, comme c'est dans leur tempérament. Ils eurent tôt fait d'éteindre l'incendie ; et leurs maisons, peut-être bien parce que lépreuses comme eux, ne subirent que peu de dommages des flammes.

La méchanceté de Médard se tourna contre son propre bien : le château. Le feu prit à l'aile où dormaient les domestiques et se répandit, au milieu des violents hurlements de ceux qui étaient restés emprisonnés à l'intérieur, et l'on vit le vicomte filer à cheval à travers la campagne. L'attentat était dirigé contre la nourrice qui lui avait servi de mère : Sébastienne. Avec cette obstination autoritaire que les femmes prétendent vouloir garder sur ceux qu'elles ont connus enfants, Sébastienne ne manquait jamais de reprocher au vicomte ses méfaits, alors que tout le monde, désormais, s'était rendu compte que sa nature le vouait à une irrémédiable et folle cruauté. On retira des murs carbonisés une Sébastienne en fort piteux état : il lui fallut garder longtemps le lit pour guérir ses brûlures.

Un soir, la porte de la chambre où elle gisait s'ouvrit et le vicomte fit son apparition près de son lit.

— Qu'est-ce que c'est que ces taches sur votre figure, nourrice ? demanda Médard, en montrant les brûlures.

— Une trace de tes péchés, mon fils, répondit la vieille femme avec sérénité.

— Votre peau est bigarrée et boursouflée, quelle maladie avez-vous, nourrice ?

— Une maladie qui n'est rien, mon fils, à côté du mal qui t'attend en enfer si tu ne te repens pas.

— Il vous faut vite guérir, je ne voudrais pas qu'on apprît, à la ronde, cette maladie que vous avez...

— Je n'ai pas à prendre mari, pour m'occuper de mon corps. Il me suffit de ma bonne conscience. Si tu pouvais en dire autant.

— Pourtant votre fiancé est là qui vous attend, pour vous emmener avec lui : vous ne le savez donc pas ?

— Ne tourne pas la vieillesse en dérision, mon fils, toi dont la jeunesse a été mutilée...

— Je ne plaisante pas. Écoutez, nourrice. Votre fiancé fait de la musique sous votre fenêtre.

Sébastienne tendit l'oreille et entendit, devant le château, le cor du lépreux.

Le lendemain, Médard envoyait chercher le docteur Trelawney.

— Des taches suspectes se sont montrées, on ne sait comment, sur la figure d'une de nos vieilles domestiques, dit-il au docteur. Nous avons tous peur que ce ne soit la lèpre. Nous nous en remettons aux lumières de votre science, docteur.

Trelawney s'inclina en balbutiant :

— Mon devoir, milord... toujours à vos ordres, milord...

Il pirouetta, sortit, se faufila hors du château, prit avec lui un petit baril de vin « cancaroun » et disparut dans le bois. On ne le vit plus d'une semaine. Quand il revint, la nourrice Sébastienne avait été envoyée au village des lépreux.

Elle avait quitté le château un soir, au coucher du soleil, tout habillée de noir et voilée, avec ses effets dans un baluchon qu'elle portait au bras. Elle savait que son destin était marqué : il lui fallait prendre le chemin de Préchampignon. Elle quitta la pièce où on l'avait logée jusqu'alors : personne dans les corridors ni dans les escaliers. Elle descendit, traversa la cour, sortit dans la campagne : tout était désert. Chacun se retirait et se cachait sur son passage. Elle entendit un cor de chasse moduler sourdement un appel de deux notes : devant elle, sur le sentier, elle vit Galatheus qui levait vers le ciel l'embouchure de son instrument. La nourrice avança à pas lents : le sentier allait vers le soleil couchant, Galatheus la précédait de loin. De temps en temps, il s'arrêtait comme pour contempler les bourdons qui bruissaient dans les feuilles, levait son cor et en tirait un triste accord. La nourrice regardait les jardins et les rivages qu'elle abandonnait ; elle sentait derrière les haies la présence de gens qui s'éloignaient d'elle, et recommençait à marcher. Seule, suivant Galatheus à distance, elle arriva à Préchampignon, et les grilles du village se refermèrent sur elle tandis que les harpes et les violons commençaient de jouer.

Le docteur Trelawney m'avait beaucoup déçu. Ne pas avoir levé le petit doigt pour que la vieille Sébastienne ne fût pas condamnée à la léproserie — tout en sachant que ses taches n'étaient pas de la lèpre — était signe de lâcheté. J'éprouvai pour la première fois de l'aversion pour le docteur. Ajoutons que lorsqu'il s'était sauvé dans les bois, il ne m'avait pas pris avec lui bien qu'il n'ignorât pas combien je lui aurais été utile comme chasseur d'écureuils et dénicheur de framboises. Maintenant, aller avec lui à la chasse aux feux follets ne me plaisait plus comme avant, et souvent, je rôdais seul en quête de nouveaux compagnons.

Les gens qui m'attiraient le plus, à présent, étaient les huguenots qui habitaient le Val-des-Joncs. C'étaient des réfugiés de France, pays où le roi faisait couper en morceaux tous ceux qui suivaient leur religion. En traversant les montagnes, ils avaient perdu leurs livres et leurs objets sacrés si bien qu'ils n'avaient plus ni Bible à lire ni messe à dire, ni hymnes à chanter, ni prières à réciter. Méfiants comme le sont tous ceux qui ont traversé des persécutions, et vivent au milieu de gens d'une foi différente, ils n'avaient jamais plus voulu recevoir aucun livre religieux ni écouter aucun conseil sur la manière de célébrer leur culte. Si quelqu'un venait les chercher en se disant un de leurs frères huguenots, ils craignaient que ce ne fût un émissaire du pape déguisé et s'enfermaient dans le silence. C'est ainsi qu'ils s'étaient mis à cultiver les dures terres du Val-des-Joncs et s'échinaient à travailler, hommes et femmes, devançant l'aube et continuant après le coucher du soleil dans l'espoir que la grâce les illuminerait. Peu au courant de ce qui était péché, pour être sûrs de ne pas se tromper, ils multipliaient les interdictions et en étaient réduits à se regarder les uns les autres avec des yeux sévères pour surveiller le moindre geste trahissant une intention coupable. Se rappelant confusément leurs discussions religieuses, ils s'abstenaient de nommer Dieu ou d'employer toute autre expression religieuse de peur de parler de façon sacrilège. C'est ainsi qu'ils ne suivaient aucun culte réglé et n'osaient sans doute même pas formuler des idées sur des sujets de foi, tout en gardant une gravité absorbée comme s'ils ne cessaient d'y penser. Au contraire, les préceptes de leur agriculture avaient pris, avec le temps, valeur de commandements : de même les habitudes parcimonieuses auxquelles ils s'étaient astreints, et les vertus domestiques de leurs femmes.

C'était une grande famille pleine de neveux et de brus, tous longs et noueux, qui cultivaient constamment la terre en costume du dimanche, noirs et boutonnés, les hommes coiffés d'un chapeau à larges bords, les femmes d'un bonnet blanc. Les hommes avaient de longues barbes et portaient toujours un fusil en bandoulière ; mais on disait qu'aucun d'eux n'avait jamais tiré — sauf sur des moineaux — parce que leurs commandements le leur défendaient.

Des terrasses calcaires où poussaient péniblement quelques misérables vignes et du froment chétif s'élevait la voix du vieil Ézéchiel. Il hurlait sans répit, les poings levés au ciel, sa barbiche de chèvre toute tremblante, les yeux exorbités sous son chapeau en forme d'entonnoir : « Peste et disette ! Peste et disette ! » tout en gourmandant ses familiers courbés sur leur travail. « Allons, Jonas ! Pioche plus dur ! Arrache l'herbe, Suzanne. Étends le fumier, Tobie ! » Il distribuait mille ordres et mille reproches avec la fureur de quelqu'un qui s'adresse à une bande d'incapables et de gâcheurs, et quand il avait bien crié toutes les choses qu'il fallait faire pour que la campagne ne fût pas ruinée, il se mettait à les faire lui-même après avoir chassé tout le monde aux cris de : « Peste et disette ! »

Sa femme, au contraire, ne criait jamais et semblait, à la différence des autres, sûre d'une religion secrète connue d'elle seule, déterminée dans ses moindres détails, mais dont elle ne disait mot à personne. Il lui suffisait de regarder les gens fixement, avec ses yeux tout en pupille et de dire, en pinçant les lèvres : « Vous croyez cela, sœur Rachel ? Vous croyez cela, frère Aaron ? » Aussitôt les rares sourires disparaissaient de la bouche de ses familiers et leur expression redevenait attentive et grave.

J'arrivai un soir au Val-des-Joncs tandis que les huguenots étaient en prière. Ce n'est pas qu'ils prononçaient des mots ou restaient les mains jointes ou bien agenouillés ; ils se tenaient debout l'un derrière l'autre dans la vigne, les hommes d'un côté, les femmes de l'autre et, au fond, le vieil Ézéchiel la barbe sur la poitrine. Ils regardaient droit devant eux, leurs poings fermés pendant au bout de leurs longs bras noueux, mais, bien qu'apparemment absorbés, ne perdant pas conscience de ce qui les entourait, car Tobie allongea la main pour enlever une chenille d'un plant, Rachel, de sa semelle ferrée, écrasa une limace, et le vieil Ézéchiel lui-même ôta brusquement son chapeau pour effrayer les moineaux s'abattant sur le blé.

Ensuite, ils entonnèrent un psaume. Ils ne se souvenaient plus des paroles mais simplement de l'air, et encore pas bien, tellement que souvent il y en avait un qui détonnait. Peut-être même que tous détonnaient toujours ; mais ils ne s'arrêtaient jamais. Dès qu'ils avaient fini une strophe, ils en commençaient une autre, et toujours sans prononcer les paroles.

Je me sentis tiré par le bras. C'était le petit Ésaü qui me faisait signe de ne pas parler et de venir avec lui. Ésaü avait mon âge : c'était le plus jeune enfant du vieil Ézéchiel : il ne tenait des siens qu'une expression dure et tendue, mais avec un fond de malice canaille. Nous nous éloignâmes à quatre pattes à travers les vignes tandis qu'il me disait :

— Ils en ont pour une demi-heure ! Quelle barbe ! Viens voir mon repaire !

Le repaire d'Ésaü était un secret. Il s'y cachait pour éviter que les siens ne le trouvent et ne l'envoient garder les chèvres ou ôter les limaces des légumes. Il y passait des journées entières à ne rien faire tandis que son père le cherchait dans toute la campagne en hurlant.

Ésaü avait une provision de tabac et, accrochées à une paroi, il avait deux longues pipes en terre. Il en bourra une, et voulut que je fume. Il m'apprit à l'allumer et soufflait de grandes bouffées avec une avidité que je n'avais jamais vue chez un enfant. Pour moi, c'était la première fois que je fumais ; cela me fit mal tout de suite et je cessai. Pour me remettre, Ésaü alla prendre une bouteille de marc et m'en versa un verre qui me fit tousser et me tordit les boyaux. Lui, il buvait ça comme si c'était de l'eau.

— Il en faut, pour me saouler, dit-il.

— Où as-tu pris toutes ces choses que tu as dans ta tanière ? lui demandai-je.

Il fit de ses doigts un geste rampant :

— Volées.

Il s'était mis à la tête d'une bande d'enfants catholiques qui saccageaient les campagnes alentour. Ils ne dépouillaient pas seulement les arbres fruitiers ; ils s'introduisaient aussi dans les maisons et dans les poulaillers. Et ils juraient plus fort et plus souvent que maître Pierreclou lui-même. Ils connaissaient tous les jurons catholiques et huguenots, qu'ils s'échangeaient entre eux.

— Mais je fais aussi des quantités d'autres

péchés ! m'expliqua-t-il. Je porte de faux témoignages, j'oublie d'arroser les haricots, je ne respecte ni père ni mère, je rentre tard à la maison le soir. Maintenant, je veux commettre tous les péchés qui existent, même ceux dont on dit que je ne suis pas assez grand pour les comprendre.

— Tous les péchés ? lui demandai-je. Même tuer ?

Il haussa les épaules.

— Tuer, pour l'instant, ça ne me convient pas, ça ne me servirait à rien.

— Mon oncle tue et fait tuer pour le plaisir, à ce qu'on dit, déclarai-je, histoire d'avoir moi aussi quelque chose à opposer à Ésaü.

Ésaü cracha.

— C'est un plaisir d'idiot ! dit-il.

Là-dessus, on entendit le tonnerre et, hors de la tanière, la pluie se mit à tomber.

— On doit te chercher chez toi, dis-je à Ésaü. Moi, personne ne me cherchait jamais, mais je voyais toujours les parents chercher les autres enfants, surtout quand il faisait mauvais temps, et je croyais que c'était important.

— Restons ici jusqu'à ce que la pluie cesse, me dit Ésaü. Nous allons jouer aux dés en attendant.

Il sortit les dés et une pile d'argent. De l'argent, moi, je n'en avais pas mais je jouai mes sifflets, mes couteaux, mes frondes et perdis tout.

— Ne te décourage pas, finit par me dire Ésaü. Je triche, tu sais !

Dehors, ce n'était que coups de tonnerre, éclairs et déluge. La grotte d'Ésaü commençait à être inondée. Il mit son tabac et ses autres affaires en sécurité et me déclara :

— Il va pleuvoir à verse toute la nuit ; il vaut mieux courir nous abriter à la maison.

Nous étions crottés et trempés quand nous arrivâmes à la chaumière du vieil Ézéchiel. Les huguenots étaient assis autour de la table, à la lumière d'une petite lampe et tâchaient de se rappeler quelques épisodes de la Bible, en veillant bien à ne le raconter que comme quelque chose qu'il leur semblait avoir lu autrefois mais dont ils ne garantissaient ni le sens ni le bien-fondé.

— Peste et disette ! cria Ézéchiel en donnant sur la table un coup de poing qui éteignit la lampe lorsque son fils Ésaü se montra avec moi dans l'embrasure de la porte.

Je me mis à claquer des dents. Ésaü haussa les épaules. Au-dehors, on eût dit que tous les tonnerres et toutes les foudres se déversaient sur le Val-des-Joncs. Tandis qu'on rallumait la lampe, les poings levés, le vieillard énumérait les péchés de son fils comme les plus infâmes qu'eût jamais commis un être humain ; et il n'en connaissait qu'une petite partie. La mère acquiesçait, muette, et tous les autres enfants, gendres, brus et petits-enfants écoutaient, le menton sur la poitrine et le visage caché dans les mains. Ésaü grignotait une pomme comme si ce sermon ne le regardait pas. Moi, entre les coups de tonnerre et la voix d'Ézéchiel, je tremblais comme un jonc.

La semonce fut interrompue par le retour des hommes de garde, portant des sacs en guise de capuchon, mais tout trempés de pluie. Les huguenots montaient la garde à tour de rôle pendant toute la nuit, armés de fusils, de serpes et de fourches à foin — pour prévenir les traîtreuses incursions du vicomte, désormais leur ennemi déclaré.

— Père ! Ézéchiel ! dirent ces huguenots. C'est une nuit bonne pour les loups. Le Boiteux ne viendra sûrement pas ! Pouvons-nous rester à la maison, père ?

— N'y a-t-il pas des signes du Manchot, par-là ?

— Non, père, à part l'odeur de brûlé que laisse la foudre. Ce n'est pas là une nuit pour le Borgne.

— Alors restez en paix et changez-vous. Que la tempête nous donne la paix, à l'Efflanqué comme à nous.

Le Boiteux, le Manchot, le Borgne, l'Efflanqué étaient quelques-uns des sobriquets par lesquels les huguenots désignaient mon oncle. Je ne les ai jamais entendus l'appeler de son vrai nom. Ils affectaient dans leurs propos une sorte de familiarité avec le vicomte, comme s'ils en savaient long sur lui, comme s'il était pour eux un ennemi de longue date. Ils se lançaient entre eux quelques phrases accompagnées de clins d'œil et de petits rires : « Hé bé, le Manchot !... Exactement ça : le Demi-sourd !... » comme si, pour eux, toutes les ténébreuses folies de Médard étaient chose claire et prévisible.

Ils parlaient de la sorte quand, au milieu de la bourrasque, on entendit un coup de poing dans la porte :

— Qui frappe par un temps pareil ? dit Ézéchiel. Ouvrez vite !

On ouvrit, et on vit sur le seuil le vicomte debout sur son unique jambe, enveloppé de son manteau noir ruisselant, son chapeau empanaché trempé de pluie.

— J'ai attaché mon cheval dans votre écurie, dit-il, mais donnez-moi l'hospitalité à moi aussi, je vous prie. La nuit n'est pas bonne pour le voyageur.

Tous regardèrent Ézéchiel. Moi, je m'étais caché sous la table pour que mon oncle ne s'aperçût pas que je fréquentais cette maison ennemie.

— Asseyez-vous près du feu, dit Ézéchiel. Dans cette maison, un hôte est toujours le bienvenu.

Près du seuil, il y avait un tas de ces draps qu'on étend sous les arbres pour récolter les olives. Médard s'étendit dessus et s'endormit.

Dans le noir, les huguenots se réunirent autour d'Ézéchiel.

— Père, nous l'avons entre les mains, le Boiteux ! chuchotèrent-ils. Faut-il le laisser échapper ? Faut-il lui laisser commettre d'autres péchés contre les innocents ? Ézéchiel, l'heure n'est-elle pas venue qu'il paie son dû, le Défessé ?

Le vieillard leva les poings contre le plafond : « Peste et disette ! » cria-t-il, si on peut appeler crier le fait de parler sans presque émettre aucun son quoique de toutes ses forces. « Dans notre maison il n'a jamais été fait de tort à un hôte ! Je vais monter la garde moi-même afin de protéger son sommeil. »

Et, son fusil en bandoulière, il vint se planter à côté du vicomte étendu. L'œil de Médard s'ouvrit :

— Que faites-vous là, maître Ézéchiel ?

— Je protège votre sommeil, mon hôte. Beaucoup vous détestent.

— Je le sais, dit le vicomte. Je ne couche pas au château parce que je crains que mes domestiques ne me tuent pendant mon sommeil.

— Nous ne vous aimons pas non plus dans ma maison, maître Médard. Mais cette nuit, vous serez respecté.

Le vicomte garda un moment le silence, puis déclara :

— Ézéchiel, je veux me convertir à votre religion.

Le vieillard ne répondit rien.

— Je suis entouré de gens peu sûrs, continua Médard. Je voudrais me défaire de tous et faire venir au château les huguenots. Vous serez mon ministre, maître Ézéchiel. Je déclarerai Terralba territoire huguenot et je ferai la guerre aux princes catholiques. C'est vous qui commanderez cette guerre, vous et les vôtres. Nous sommes d'accord, maître Ézéchiel ? Vous pouvez me convertir ?

Le vieillard restait immobile, sa grande poitrine traversée par la bandoulière du fusil.

— J'ai oublié trop de choses de notre religion, dit-il, pour que je puisse oser convertir quelqu'un. Je resterai dans mes terres avec ma conscience. Vous, dans les vôtres, avec la vôtre.

Le vicomte se souleva sur son coude :

— Savez-vous, maître Ézéchiel, que je n'ai pas encore rendu compte à l'Inquisition de la présence d'hérétiques sur mon territoire ? Et que vos têtes envoyées en cadeau à notre évêque me feraient aussitôt rentrer en grâce auprès de la Curie ?

— Nos têtes tiennent encore sur notre cou, monsieur, dit le vieillard. Mais il y a quelque chose qu'il est encore plus difficile de nous arracher.

Médard se leva d'un bond et ouvrit la porte.

— J'aime mieux dormir sous ce rouvre, là-bas, que dans une maison ennemie, dit-il.

Et il bondit au-dehors sous la pluie.

Le vieillard appela les autres :

— Mes fils, il était écrit que le premier à nous visiter serait le Boiteux. Il s'en est allé, maintenant, le sentier de notre maison est libre. Ne désespérez pas, mes fils : un jour peut-être, un meilleur voyageur passera.

Tous les huguenots barbus et leurs femmes embéguinées baissèrent la tête.

— Et quand bien même il ne viendrait personne, ajouta la femme d'Ézéchiel, nous resterons à notre poste.

À ce moment, la foudre déchira le ciel. Le tonnerre fit trembler les tuiles du toit et les pierres des murs. Tobie cria :

— La foudre est tombée sur le rouvre ! Il brûle !

Ils coururent dehors avec des lanternes et virent le grand arbre mi-partie carbonisée, des racines au sommet, alors que l'autre moitié était intacte. Au loin, sous la pluie, ils entendirent les sabots d'un cheval et virent la mince silhouette enmitouflée du cavalier.

— Tu nous as sauvés, père, dirent les huguenots. Merci, Ézéchiel.

Le ciel s'éclairait au levant et c'était l'aube.

Ésaü m'appela à l'écart :

— Comme ils sont idiots, dis !... Regarde ce que je faisais pendant ce temps !

Il me montrait une poignée d'objets brillants :

— Toute la clouterie d'or de la selle. J'ai pris ça pendant que le cheval était à l'écurie. Dis s'ils ne sont pas idiots de ne pas même y avoir pensé !

Cette manière d'agir d'Ésaü ne me plaisait pas, et celle de ses parents m'intimidait. Je préférais alors vivre pour mon compte et aller sur le bord de la mer ramasser des patelles et pêcher des crabes. Tandis que juché sur la pointe d'un rocher je tâchais de dénicher un petit crabe, je vis se réfléchir, au-dessous de moi, dans l'eau calme, une lame au-dessus de ma tête. D'effroi, je tombai à la mer.

— Accroche-toi là ! dit mon oncle, car c'était lui qui était venu dans mon dos. Il voulait que je m'accroche à son épée, du côté coupant.

— Non, je m'en tirerai tout seul, répondis-je. Et je grimpai sur un éperon qu'un bras d'eau séparait des récifs.

— Tu pêches les crabes ? me demanda Médard. Moi les poulpes.

Il me fit voir sa pêche. C'étaient de gros poulpes bruns et blancs. Tous étaient coupés en deux d'un coup d'épée, mais continuaient de remuer leurs tentacules.

— Si tout ce qui est entier pouvait être ainsi pourfendu ! dit mon oncle, couché à plat ventre sur le rocher et caressant les spasmodiques moitiés de poulpe. Si chacun pouvait sortir de son obtuse, de son ignare intégrité ! J'étais entier, et toutes les choses étaient, pour moi, naturelles et confuses, stupides comme l'air ; je croyais tout voir et ne voyais que l'écorce. Si jamais tu deviens la moitié de toi-même et je te le souhaite, enfant, tu comprendras des choses qui dépassent l'intelligence courante des cerveaux entiers. Tu auras perdu la moitié de toi et du monde, mais ton autre moitié sera mille fois plus profonde et plus précieuse. Et toi aussi, tu voudras que tout soit pourfendu et déchiqueté à ton image parce que la beauté, la sagesse et la justice n'existent que dans ce qui est mis en pièces.

— Hou ! Hou ! disais-je. Il y en a des crabes, ici !

Et je feignais de ne m'intéresser qu'à ma pêche pour mieux m'éloigner de l'épée de mon oncle. Je ne regagnai la rive qu'une fois qu'il se fut éloigné avec ses poulpes. Mais l'écho de ses paroles continuait de me troubler ; je ne trouvais pas de refuge contre sa furie pourfendeuse. De quelque côté que je me tournasse : Trelawney, Pierreclou, les huguenots, les lépreux — nous étions tous sous le signe de l'homme pourfendu ; c'était lui le maître que nous servions et dont nous n'arrivions pas à nous libérer.

VI

Agrafé à la selle de son cheval sauteur, Médard de Terralba escaladait et descendait de bonne heure les falaises et se penchait vers la vallée qu'il scrutait d'un œil de rapace. C'est ainsi qu'il aperçut la bergère Paméla entourée de ses chèvres au milieu d'un pré.

Le vicomte se dit : « Parmi mes sentiments aigus, je n'ai rien qui corresponde à ce que les gens entiers appellent l'amour. Si pour eux un sentiment aussi niais a une telle importance, ce qui pourra, chez moi, correspondre à cette passion-là sera certainement magnifique et terrible. » Et il décida de tomber amoureux de Paméla qui, grassouillette et nu-pieds, vêtue d'une petite robe rose toute simple, était vautrée à plat ventre dans l'herbe, somnolant, parlant avec ses chèvres ou reniflant les fleurs.

Mais ces sentiments froidement formulés ne doivent pas nous induire en erreur. À la vue de Paméla,

Médard s'était senti dans le sang un mouvement confus, quelque chose qu'il n'éprouvait plus depuis longtemps, et c'est avec une hâte apeurée qu'il s'était précipité sur ces raisonnements.

À midi, sur le chemin de son retour, Paméla vit que toutes les marguerites des prés n'avaient plus qu'une moitié de leurs pétales, l'autre moitié de la corolle était effeuillée. « Hélas ! pensa-t-elle, de toutes les filles de la vallée, il fallait que ça m'arrive, justement à moi ! » Elle avait compris que le vicomte était tombé amoureux d'elle. Elle cueillit toutes les moitiés des marguerites, les emporta chez elle et les plaça entre les pages de son livre de messe.

Dans l'après-midi, elle s'en fut au Pré des Nonnes pour faire pâturer ses canards et les faire nager dans l'étang. Le pré était parsemé de blanches fleurs de panais, mais ces fleurs avaient eu le même sort que les marguerites ; on eût dit qu'une partie de chaque corymbe avait été emportée d'un coup de ciseaux. « Pauvre de moi ! se dit-elle, c'est vraiment moi qu'il veut ! » Elle fit un bouquet des panais pourfendus et les passa dans l'encadrement de la glace de la coiffeuse.

Ensuite, elle n'y pensa plus. Elle attacha sa natte autour de sa tête, ôta sa robe et prit un bain dans le petit lac avec ses canards.

Le soir pour rentrer chez elle, elle traversa des

prés remplis de pissenlits, dits également « dents-de-lion ». Et Paméla vit qu'ils avaient perdu leur aigrette d'un seul côté, comme si quelqu'un s'était étendu à terre pour souffler dessus d'un seul côté ou bien avec une demi-bouche. Paméla cueillit quelques-unes de ces demi-boules blanches, souffla dessus, et leur léger duvet s'envola bien loin. « Hélas, pauvre de moi, pensa-t-elle, il me veut vraiment. Comment cela finira-t-il ? »

La chaumière de Paméla était à ce point petite qu'une fois qu'on avait fait entrer les chèvres au premier étage et les canards au rez-de-chaussée, on n'y tenait plus. Tout autour, elle était entourée d'abeilles parce que ces gens avaient aussi des ruches. Et sous terre, c'était rempli de fourmilières : il suffisait de poser la main n'importe où pour la relever noire et fourmillante. Étant donné cette situation, la mère de Paméla couchait dans la meule de paille, son père dans un tonneau vide et Paméla dans un hamac tendu entre un olivier et un figuier.

Sur le seuil, Paméla s'arrêta. Il y avait là un papillon mort. On lui avait écrasé sous une pierre une aile et la moitié du corps. Paméla poussa un cri aigu et elle appela son père et sa mère.

— Qui est venu ici ? demanda Paméla.

— Notre vicomte est venu il y a un moment, dirent le père et la mère. Il a dit qu'il poursuivait un papillon qui l'avait piqué.

— Quand les papillons ont-ils jamais piqué quelqu'un ? dit Paméla.

— Bah ! Nous nous le demandons aussi.

— La vérité, dit Paméla, c'est que le vicomte est amoureux de moi et que nous devons nous attendre au pire.

— Hou ! Hou ! Ne te monte pas la tête. N'exagère rien, lui répondirent les vieux, comme ils le font toujours quand ce ne sont pas les jeunes qui leur répondent ainsi.

Le lendemain, lorsqu'elle arriva à la pierre sur laquelle elle avait l'habitude de s'asseoir quand elle gardait ses chèvres, Paméla poussa un hurlement. La pierre était souillée d'horribles restes. C'étaient une moitié de chauve-souris et une moitié de méduse, l'une suintant du sang noir, l'autre une matière visqueuse, l'une avec l'aile étendue et l'autre étalant de molles franges gélatineuses. La bergerette comprit que c'était un message. Cela voulait dire : rendez-vous ce soir au bord de la mer. Paméla s'exhorta au courage et s'y rendit.

Au bord de la mer, elle s'assit sur les galets en écoutant le bruit des vagues blanches. Un piétinement sur les galets, Médard galopait sur le rivage. Il s'arrêta, se décrocha, descendit de sa selle.

— Moi, Paméla, j'ai décidé d'être amoureux de toi, lui dit-il.

— C'est pour cela, s'insurgea-t-elle, que vous martyrisez toutes les créatures de la nature ?

— Paméla, soupira le vicomte, nous n'avons aucun autre langage pour nous parler, en dehors de celui-là. Toute rencontre de deux êtres dans le monde les fait se déchirer. Viens avec moi ; je connais ce mal et tu seras plus en sécurité qu'avec n'importe qui d'autre. Parce que moi, je fais du mal comme tout le monde en fait ; mais, à la différence des autres, j'ai la main sûre.

— Et vous me martyriserez comme les marguerites et les méduses ?

— Ce que je ferai avec toi, je ne le sais pas. Certainement, le fait de t'avoir me rendra possibles des choses que je ne peux même pas imaginer. Je t'emmènerai au château, je te garderai là ; personne d'autre ne te verra et nous aurons des jours et des mois pour comprendre ce que nous devrons faire et pour inventer toujours de nouveaux moyens pour rester ensemble.

Paméla était étendue sur le gravier et Médard s'était agenouillé près d'elle. En parlant il gesticulait ; il l'effleurait de la main, mais sans la toucher.

— Eh bien moi, je dois savoir d'abord ce que vous me ferez. Vous pouvez bien m'en donner un échantillon, maintenant ; alors je déciderai si je viens ou non au château.

Lentement, le vicomte approcha sa main étroite et crochue de la joue de Paméla. Cette main tremblait ; on ne comprenait pas si elle se tendait pour une caresse ou une égratignure. Mais Médard n'avait pas encore touché Paméla qu'il retira brusquement sa main et se releva.

— C'est au château que je te veux, dit-il en se hissant à cheval. Je vais préparer la tour où tu habiteras. Je te laisse encore un jour de réflexion ; après quoi il faudra te décider !

Ceci dit, il éperonna son cheval et quitta la plage.

Le lendemain Paméla monta comme d'habitude sur le mûrier pour cueillir les mûres. Elle entendit gémir et battre des ailes au milieu du feuillage. Elle faillit tomber d'épouvante. À une branche haute un coq était attaché par les ailes, tandis que de grosses chenilles bleues et velues le dévoraient : on lui avait posé juste sur la crête un nid de chenilles processionnaires, vilains insectes qui vivent sur les pins.

C'était certainement un autre des horribles messages du vicomte, et Paméla l'interpréta : « Demain, à l'aube, nous nous verrons dans le bois. »

Sous prétexte d'aller emplir un sac de pignes, Paméla monta au bois, et Médard déboucha de derrière un tronc en s'appuyant sur sa béquille.

— Alors tu te décides à venir au château ? demanda-t-il à Paméla.

Paméla s'était étendue sur les aiguilles de pin.

— Je suis décidée à ne pas y aller, dit-elle en se retournant à peine. Si vous me voulez, venez me trouver ici dans le bois.

— Tu viendras au château. La tour où tu dois habiter est prête. Tu en seras la seule maîtresse.

— Vous voulez me garder prisonnière là-dedans et, au besoin, me faire brûler par l'incendie ou ronger par les rats. Non, non. Je vous l'ai dit. Je serai à vous si vous voulez, mais ici, sur les aiguilles de pin.

Le vicomte s'était accroupi près de sa tête. Il avait une aiguille de pin à la main : il l'approcha de son cou et la lui passa tout autour. Paméla se sentit la chair de poule mais elle ne broncha pas. Elle voyait le visage du vicomte penché sur elle, un profil qui restait profil même vu de face et une demi-rangée de dents qui découvrait un sourire en ciseaux. Médard serra l'aiguille de pin dans sa main et la brisa. Il se releva.

— C'est enfermée au château que je veux t'avoir ! Enfermée au château !

Paméla comprit qu'elle pouvait se risquer. Aussi répondit-elle, tout en agitant ses pieds nus en l'air :

— Ici, dans le bois, je ne dis pas non. Enfermée, plutôt mourir !

— Je saurai bien t'y mener, dit Médard en posant la main sur l'épaule de son cheval qui s'était approché comme s'il passait par hasard. Il monta sur l'étrier, éperonna la bête à travers les sentiers de la forêt et disparut.

Cette nuit-là, Paméla dormit dans son hamac entre l'olivier et le figuier et, le matin, horreur ! trouva dans son giron une petite charogne sanglante. C'était un demi-écureuil, fendu dans le sens de la longueur comme toujours ; mais sa queue fauve était intacte.

— Hélas ! pauvre de moi, dit-elle à ses parents. Ce vicomte ne me laisse pas de répit !

Son père et sa mère se passèrent l'un à l'autre le cadavre d'écureuil.

— Cependant, dit le père, il a laissé la queue intacte. C'est peut-être bon signe...

— Peut-être commence-t-il à devenir bon,... dit la mère...

— Il coupe toujours tout en deux, dit le père, mais ce que l'écureuil a de plus beau, sa queue, il l'a respecté...

— Peut-être, fit la mère, ce message veut-il dire que ce que tu as de beau et de bon, il le respectera...

Paméla se mit les mains dans les cheveux.

— Que faut-il entendre de vous, mon père et ma mère ! Il y a quelque chose là-dessous. Le vicomte vous a parlé...

— Il ne nous a pas parlé, dit le père ; mais il nous a fait savoir qu'il veut venir nous trouver et qu'il s'intéressera à notre misère.

— Père, s'il vient te parler, ouvre les ruches et lance les abeilles contre lui.

— Fille, dit la vieille, peut-être maître Médard devient-il meilleur...

— Mère, s'il vient vous parler, attachez-le sur la fourmilière et laissez-l'y.

Cette nuit-là, la meule de paille dans laquelle dormait la mère flamba, et le tonneau où le père dormait s'éventra. Au matin les deux petits vieux contemplaient les débris du désastre quand le vicomte se montra.

— Je regrette de vous avoir fait peur, cette nuit, dit-il, mais je ne savais pas comment entrer dans le sujet. Le fait est que votre fille Paméla me plaît et que je voudrais l'emmener au château. C'est pourquoi je vous demande formellement de la remettre entre mes mains. Sa vie changera, et la vôtre aussi.

— Imaginez si nous n'en serions pas contents, nous autres, votre seigneurie, dit le vieux. Mais si vous saviez quel caractère elle a, ma fille ! Songez qu'elle m'a dit d'exciter contre vous les abeilles du rucher !

— Imaginez un peu, votre seigneurie, dit la vieille. Imaginez qu'elle m'a dit de vous attacher sur la fourmilière...

Heureusement que Paméla rentra de bonne heure, ce jour-là. Elle trouva son père et sa mère bâillonnés et liés l'un sur le rucher, l'autre sur la fourmilière. Heureusement aussi que les abeilles connaissaient le vieux et que les fourmis avaient autre chose à faire que de piquer la vieille. C'est ainsi qu'elle put les sauver tous les deux.

— Vous avez vu comme il est devenu bon, le vicomte ? dit Paméla.

Mais les deux vieux couvaient quelque chose. Le lendemain ils attachèrent Paméla, l'enfermèrent dans la maison avec ses bêtes et s'en furent au château dire au vicomte que, s'il voulait leur fille, il pouvait l'envoyer chercher, qu'eux étaient tout disposés à la lui livrer.

Seulement, Paméla savait parler à ses bêtes. Les canards, à coups de bec, la délivrèrent de ses liens ; les chèvres, à coups de cornes, défoncèrent la porte. Paméla s'enfuit, en emmenant sa chèvre et sa cane préférées et s'en fut vivre dans le bois. Elle logea dans une grotte connue d'elle seule et d'un enfant qui lui apportait de la nourriture et des nouvelles.

Cet enfant, c'était moi. Avec Paméla, il faisait bon vivre dans le bois. Je lui apportais des fruits, du fromage et des poissons frits ; et elle, en échange, me donnait quelques tasses du lait de sa chèvre et quelques œufs de sa cane. Quand elle se baignait dans les étangs et dans les ruisseaux, je montais la garde pour que personne ne la voie.

Parfois, mon oncle traversait le bois, mais il restait à distance, bien que manifestant sa présence de sa triste façon habituelle. Parfois, un éboulis de pierres effleurait Paméla et ses bêtes, parfois le tronc d'un pin auquel elle s'appuyait cédait, miné à la base à coups de hachette, parfois on découvrait qu'une source avait été souillée par des cadavres d'animaux tués.

Mon oncle s'adonnait à la chasse avec une arbalète qu'il parvenait à manœuvrer avec son bras unique. Mais il était devenu encore plus sombre et plus fluet, comme si de nouvelles peines rongeaient son reste de corps.

Un jour, le docteur Trelawney se promenait avec moi à travers champs quand le vicomte à cheval vint à notre rencontre et faillit le heurter, en le faisant tomber. Le cheval s'arrêta, le sabot posé sur la poitrine de l'Anglais à qui mon oncle demanda :

— Expliquez-moi cela, docteur. J'ai la sensation que la jambe que je n'ai pas est fatiguée comme d'avoir trop marché. Qu'est-ce que ça veut dire ?

Trelawney perdit contenance, il balbutia ainsi que d'habitude, et le vicomte disparut au galop.

Mais sa question devait avoir frappé le docteur qui se mit à y réfléchir en se tenant la tête à deux mains. Jamais je ne lui avais vu un tel intérêt pour une question de médecine humaine.

VII

Autour de Préchampignon, il poussait des touffes de menthe poivrée et des haies de romarin, dont on ne comprenait pas si elles étaient sauvages ou faisaient partie d'un jardin aromatique. Je rôdais par là, les poumons remplis d'une odeur douceâtre, et cherchais le moyen de retrouver la vieille nourrice Sébastienne.

Depuis que Sébastienne avait disparu sur le sentier menant au village des lépreux, je me rappelais plus souvent que j'étais orphelin. J'étais désespéré de ne plus rien savoir d'elle ; et quand Galatheus passait, hissé au sommet d'un arbre, je lui en demandais des nouvelles. Mais Galatheus était l'ennemi des enfants qui, parfois, jetaient sur lui, du haut des arbres, des lézards vivants, et ne me donnait que des réponses incompréhensibles et dérisoires d'une voix claironnante et mielleuse. Pour moi, à la curiosité de pénétrer dans Préchampignon s'était ajouté le désir de retrouver la grande nourrice et je rôdais sans répit parmi les buissons odorants.

Voici que d'une touffe de thym surgit une silhouette d'homme vêtu d'une teinte claire, et coiffé d'un chapeau de paille. L'homme se dirigea vers le village. C'était un vieux lépreux. Je voulus lui demander des nouvelles de la nourrice et m'approchant autant qu'il le fallait pour me faire entendre, mais sans crier, je dis :

— Hé, là-bas, monsieur le lépreux !

Mais au même instant, peut-être bien éveillée par mes paroles, tout à fait près de moi une autre forme se mit sur son séant et s'étira. L'homme avait le visage squameux comme une écorce sèche, avec une barbe blanche laineuse et clairsemée. Il prit un sifflet dans sa poche et lança un trille dans ma direction, comme pour se moquer de moi. Je m'aperçus alors que cet après-midi de soleil était rempli de lépreux étendus, cachés par les buissons, qu'ils se levaient tout doucement, dans leurs sarraus clairs et s'acheminaient à contre-jour vers Préchampignon, ayant en main des instruments de musique et des outils de jardin, avec lesquels ils faisaient du bruit. Je m'étais reculé pour m'éloigner de l'homme barbu, mais je cognai presque une lépreuse sans nez en train de se peigner dans des frondaisons de laurier. J'avais beau sauter dans le fourré, je tombais toujours sur d'autres lépreux et m'apercevais que tous les trajets que je pouvais faire me menaient uniquement vers Préchampignon, dont les toits de paille ornés de festons de cerfs-volants étaient désormais près de moi, au pied de la côte.

Les lépreux ne m'accordaient d'attention que de temps à autre, ne la manifestant d'ailleurs que par des clignements d'yeux et des accords d'orgues de Barbarie ; et, cependant, il me semblait que c'était moi qui me trouvais au centre de leur marche et qu'ils m'accompagnaient à Préchampignon comme un animal capturé. Dans le village, les murs des maisons étaient lilas. À une fenêtre, une femme à moitié dévêtue, des taches lilas sur la figure et sur la poitrine et une lyre à la main s'écria : « Les jardiniers sont revenus ! » Et elle joua de la lyre. D'autres femmes se mirent à leur fenêtre et à leurs belvédères en agitant des grelots et en chantant : « Soyez les bienvenus, jardiniers ! »

Je faisais bien attention à rester au milieu du sentier et à ne toucher personne ; mais je me trouvai dans une sorte de carrefour avec des lépreux tout autour de moi, hommes et femmes assis sur le seuil de leurs maisons dans des sarraus déteints et déchirés laissant voir leurs bubons et leurs parties honteuses, avec des anémones et des fleurs d'aubépines dans les cheveux.

Les lépreux faisaient un petit concert qui me

semblait donné en mon honneur. Certains inclinaient leur violon vers moi en faisant traîner exagérément leur archet, d'autres imitaient le coassement de la grenouille aussitôt que je les regardais, d'autres me montraient de bizarres pantins montant et descendant le long d'un fil. Leur petit concert était fait de ces gestes et de ces sons discordants, mais il y avait un refrain qu'ils répétaient de temps en temps :

> *Joli petit poussin sans tache*
> *Cueillit la mûre et se tacha.*

— Je cherche ma nourrice, la vieille Sébastienne, dis-je d'une voix forte. Savez-vous où elle est ?

Ils éclatèrent de rire avec une expression entendue et méchante.

— Sébastienne ? criai-je. Où es-tu, Sébastienne ?

— Voici, mon petit ! me dit un lépreux. Sois sage, mon petit ! Et il me montra une porte.

La porte s'ouvrit et il en sortit une femme olivâtre, peut-être bien sarrasine, demi-nue, tatouée, couverte de queues de cerfs-volants, qui commença une danse licencieuse. Ensuite je ne compris pas ce qui se produisit. Hommes et femmes se jetèrent les uns sur les autres et commencèrent ce que j'appris plus tard être une orgie.

Je me faisais tout petit quand, tout à coup, la grande vieille Sébastienne se fraya le passage au milieu du cercle.

— Vilains cochons ! cria-t-elle. Ayez au moins un peu d'égards pour une âme innocente !

Elle me prit par la main et m'entraîna au loin tandis qu'ils chantaient :

> *Joli petit poussin sans tache*
> *Cueillit la mûre et se tacha.*

Sébastienne était habillée de vêtements d'un violet clair, et déjà quelques taches déshonoraient ses joues sans rides. J'étais heureux d'avoir retrouvé la nourrice, mais désespéré qu'elle m'eût pris la main : elle m'avait certainement donné la lèpre. Je le lui dis.

— N'aie pas peur, me dit Sébastienne. Mon père était pirate et mon grand-père ermite. Je connais les vertus de toutes les herbes contre les maladies tant de chez nous que de chez les Maures. Eux se frottent avec de l'origan et de la mauve. Moi, sans rien dire, je me fais des tisanes de mousse et de cresson et ne prendrai jamais la lèpre de ma vie.

— Mais ces taches que tu as sur la figure, nourrice ? lui demandai-je, très réconforté, mais point encore convaincu.

— C'est de la colophane. Pour leur faire croire que j'ai aussi la lèpre. Viens ici, chez moi, que je te fasse boire une de mes tisanes, bien chaude parce que, quand on se promène par ici, on n'est jamais trop prudent.

Elle m'avait emmené chez elle : une petite cabane un peu à l'écart, propre, avec du linge étendu, et nous bavardâmes.

— Et Médard ? Et Médard ? me demandait-elle.

Mais chaque fois que je parlais, elle me coupait la parole.

— Ah ! quelle canaille ! Quel malandrin ! Amoureux ? Ah ! la pauvre fille ! Mais ici, ici, vous ne vous imaginez pas ce qui se passe ! Si tu savais tout ce qu'ils gâchent ! Tout ce que nous nous arrachons de la bouche pour le donner à Galatheus, si tu savais ce qu'ils en font ici ! D'ailleurs ce Galatheus ne vaut pas cher, tu sais ! C'est un mauvais sujet : et il n'est pas le seul ! Ce qu'ils peuvent faire la nuit ! Et le jour aussi ! Et les femmes ! des dévergondées comme ça, je n'en ai jamais vu ! Si au moins elles savaient raccommoder leurs affaires ! Mais non, même pas ça ! Désordonnées et déguenillées. Oh ! mais moi je le leur ai dit bien en face... Et elles, tu sais ce qu'elles m'ont répondu ?

Tout content de cette visite à ma nourrice, le lendemain j'allai à la pêche aux anguilles.

Je plaçai ma ligne dans un creux du torrent et, dans l'attente, je m'endormis. Je ne sais pas combien de temps dura mon sommeil ; un bruit m'éveilla. J'ouvris les yeux et vis une main levée au-dessus de ma tête. Sur cette main une araignée rouge velue. Je me retournai : c'était mon oncle dans son manteau noir.

Épouvanté, je fis un bond en arrière, pendant ce temps, l'araignée mordit la main de mon oncle et disparut rapidement. Mon oncle porta sa main à ses lèvres, suça légèrement sa blessure et me dit :

— Tu dormais quand j'ai vu une araignée venimeuse descendre de cette branche dans ton cou. J'ai avancé la main et elle m'a piqué.

Je n'en crus pas un mot ; c'était au moins la troisième fois qu'il attentait à ma vie avec des méthodes semblables. Mais ce qui était certain c'est que cette araignée venait de lui mordre la main et que sa main enflait.

— Tu es mon neveu, dit Médard.

— Oui, lui répondis-je, un peu surpris, parce que c'était la première fois qu'il le disait.

— Je t'ai reconnu tout de suite, déclara-t-il. Et il ajouta :

— Cette araignée ! Je n'ai qu'une main et elle veut me l'infecter. Mais il vaut certainement mieux que ce soit ma main plutôt que le cou de cet enfant.

Mon oncle, que je sache, n'avait jamais parlé ainsi. L'idée qu'il pouvait dire la vérité et être brusquement devenu bon me traversa l'esprit ; mais je la chassai tout de suite. C'était chose habituelle chez lui que le piège et la simulation. Il est certain qu'il semblait bien changé, avec une expression non plus cruelle et tendue, mais languissante et affligée, que lui donnaient peut-être l'appréhension et la douleur de sa morsure. Mais ses vêtements étaient poussiéreux et d'une forme un peu différente de ceux qu'il portait d'habitude, son manteau noir était légèrement déchiré avec des feuilles sèches et des bogues de châtaignes accrochés aux pans. Son costume même n'était pas en velours noir comme d'habitude ; c'était un costume de futaine, râpé et déteint ; sa jambe n'était pas gainée d'une haute botte de cuir mais couverte d'un bas de laine rayé bleu et blanc.

Pour montrer que je ne m'intéressais pas à lui j'allai voir si par hasard une anguille n'avait pas mordu à ma ligne. Il n'y avait pas d'anguille, mais je vis briller, accrochée à l'hameçon, une bague en or avec un diamant. Je la retirai. La pierre portait gravées les armoiries des Terralba.

Le vicomte me suivait du regard et me dit

— Ne t'étonne pas. En passant par ici j'ai vu

une anguille prise à l'hameçon ; elle m'a fait tant de peine que je l'ai délivrée. Ensuite, pensant au préjudice que mon geste allait porter au pêcheur, j'ai voulu le dédommager en mettant à sa place ma bague, le dernier objet de valeur qui me reste.

Je restai bouche bée. Médard continua :

— Je ne savais pas encore que le pêcheur, c'était toi. Ensuite je t'ai trouvé endormi dans l'herbe et le plaisir de te voir s'est aussitôt changé en appréhension à cause de cette araignée qui descendait sur toi. Le reste, tu le sais.

Et, ce disant, il regardait tristement sa main enflée et violette.

Il était possible que tout cela ne fût qu'une suite de tromperies cruelles. Mais je pensais combien eût été beau un brusque revirement de ses sentiments, et la joie que cela aurait causé à Sébastienne, à Paméla et à toutes les personnes qui souffraient de sa cruauté.

— Mon oncle, attends-moi ici, dis-je à Médard. Je cours chez la nourrice Sébastienne qui connaît toutes les herbes et je me fais donner celle qui guérit les morsures d'araignée.

— La nourrice Sébastienne... dit le vicomte étendu, la main sur la poitrine. Comment va-t-elle donc ?

Je n'osai pas lui faire savoir que Sébastienne

n'avait pas attrapé la lèpre et me bornai à lui répondre :

— Oh ! couci-couça... je m'en vais.

Et je partis très vite, désireux avant tout de demander à Sébastienne ce qu'elle pensait de ces bizarres phénomènes.

Je retrouvai la nourrice dans sa petite cabane. Ma course et mon impatience me coupaient le souffle, et le récit que je lui fis fut un peu confus. Mais la vieille femme s'intéressa plus à la morsure qu'aux actes de bonté de Médard.

— Tu dis une araignée rouge ? Oui, oui, je sais l'herbe qu'il faut... Autrefois il y avait un bûcheron dont le bras était tout gonflé... Il est devenu bon, dis-tu ? Bah ! que veux-tu que je te dise, ç'a toujours été un garçon comme ça... lui aussi ; il faut savoir le prendre. Mais où l'ai-je mise, cette herbe ? Il suffit de lui faire une compresse. Une canaille depuis son enfance, Médard... Voilà l'herbe ; j'en avais mis un sachet de côté... Toujours le même... Quand il se faisait mal il venait pleurer près de sa nourrice. Est-elle profonde, cette morsure ?

— Il a la main gauche grosse comme ça !... déclarai-je.

— Ah ! gosse que tu es ! dit en riant la nourrice... Où est-elle, la main gauche de maître Médard ? Il l'a laissée en Bohême chez ces Turcs, que le diable les emporte ! Il a laissé là toute la moitié gauche de son corps.

— Tiens, c'est vrai ! fis-je. Et pourtant... lui était là,... moi j'étais ici... il avait la main tournée de ce côté-là... Comment est-ce possible ?

— Tu ne reconnais plus ta droite de ta gauche, maintenant ? me dit la nourrice. Pourtant tu as appris ça à cinq ans.

Je n'y comprenais plus rien. Sébastienne avait certainement raison ; mais je me rappelais tout le contraire.

— Alors, sois gentil, apporte-lui cette herbe, me dit la nourrice. Et je partis en courant.

Quand j'arrivai au torrent, j'étais à bout de souffle. Mais mon oncle n'y était plus. Je regardai partout autour de moi. Il avait disparu avec sa main infectée et gonflée.

Le soir venait tandis que je rôdais parmi les oliviers. Et voici que je l'aperçois, enroulé dans son manteau noir, debout sur la rive, appuyé à un tronc. Il me tournait le dos et regardait du côté de la mer. Je sentis ma peur me reprendre et c'est péniblement, avec un filet de voix, que j'arrivai à dire. :

— Mon oncle, voilà l'herbe pour la morsure...

Le demi-visage se retourna aussitôt, contracté par une grimace féroce.

— Quelle herbe ? Quelle morsure ? cria-t-il.

— Mais l'herbe pour guérir, dis-je.

Voilà que son expression de douceur d'auparavant avait disparu ; ce n'avait été qu'un moment passager ; peut-être bien qu'en ce moment même elle revenait, mais dans un sourire tendu dont on voyait bien qu'il faisait semblant.

— Oui... très bien... mets-la dans le creux de ce tronc... je la prendrai plus tard, me dit-il.

J'obéis et mis la main dans le creux. C'était un nid de guêpes. Elles sortirent toutes et m'attaquèrent. Je me mis à courir, poursuivi par tout l'essaim et me jetai dans le torrent. Je nageai entre deux eaux et parvins à dérouter les guêpes. Quand je retirai ma tête de l'eau j'entendis le sombre rire du vicomte qui s'éloignait.

Une fois de plus, il avait réussi à nous tromper. Mais il y avait bien des choses que je ne comprenais pas ; et j'allai trouver le docteur Trelawney pour lui en parler. L'Anglais était dans sa petite maison de croque-mort, éclairé par une lampe-veilleuse, penché, chose fort rare, sur un livre d'anatomie humaine.

— Docteur, lui demandai-je, est-ce qu'il est jamais arrivé qu'un homme mordu par une araignée rouge s'en tire ?

— Une araignée rouge, dis-tu ? Qui a encore été mordu par l'araignée rouge ?

— Mon oncle le vicomte, lui répondis-je. Je

venais de lui apporter l'herbe de la nourrice quand, de bon qu'il semblait, il est redevenu méchant et a refusé mon secours.

— Je viens de soigner le vicomte d'une morsure d'araignée rouge à la main, déclara Trelawney.

— Mais dites-moi, docteur, vous a-t-il paru bon ou méchant ?

Alors le docteur me raconta comment s'étaient passées les choses.

Après que j'eus quitté le vicomte étendu sur l'herbe avec sa main enflée, le docteur Trelawney était passé par là. Il aperçoit le vicomte et, pris de peur, comme toujours, cherche à se cacher dans les arbres. Mais Médard, qui a entendu ses pas, se lève et crie : « Qui va là ? » L'Anglais pense : « S'il découvre que c'est moi qui me cache, Dieu sait ce qu'il va machiner contre moi ! » Et il se sauve pour ne pas être reconnu. Mais il trébuche et tombe dans le creux du torrent. Bien qu'il ait passé sa vie sur les navires, le docteur Trelawney ne sait pas nager : il barbote dans le creux en appelant au secours. Alors le vicomte dit : « Attendez-moi », s'approche du rivage et descend dans l'eau en s'accrochant avec sa main endolorie à une racine d'arbre qui fait saillie. Il s'allonge jusqu'à ce que le docteur puisse agripper son pied. Long et fluet comme il est, il lui sert de corde pour gagner la berge.

Les voilà sains et saufs et le docteur balbutie :

— Oh ! milord, merci, vraiment, milord, comment puis-je…, et il lui éternue à la figure parce qu'il a attrapé un rhume.

— À vos souhaits ! lui dit Médard. Mais couvrez-vous, je vous en prie.

Et il lui met son manteau sur les épaules.

Le docteur se défend de l'accepter, plus confus que jamais, mais le vicomte lui dit :

— Gardez-le, il est à vous.

Alors Trelawney s'aperçoit que Médard a la main enflée.

— Quelle bête vous a piqué ?

— Une araignée rouge.

— Laissez-moi vous soigner, milord.

Et il l'emmène dans sa cabane de fossoyeur, où il lui arrange la main avec des drogues et des pansements. Pendant ce temps, le vicomte s'entretient avec lui, plein d'humanité et de courtoisie. Ils se quittent en se promettant de se revoir bientôt et de consolider leur amitié.

— Docteur ! dis-je à l'Anglais après avoir écouté son récit, le vicomte que vous avez soigné est revenu tout de suite après à sa cruelle folie : il a lancé sur moi tout un guêpier.

— Ce n'est pas celui que j'ai soigné, dit le docteur en me clignant de l'œil.

— Que voulez-vous dire, docteur ?

— Tu le sauras plus tard. Pour l'instant, n'en

parle à personne. Et laisse-moi à mes études, car des temps difficiles se préparent.

Le docteur Trelawney cessa de s'occuper de moi. Il se replongea dans cette lecture, insolite pour lui, d'un traité d'anatomie. Il devait avoir un projet en tête, et pendant tous les jours qui suivirent, il resta absorbé et réticent.

Mais de différents côtés, commençaient à arriver des nouvelles d'une double nature de Médard. Des enfants perdus dans le bois se voyaient, à leur grande épouvante, rattrapés par une moitié d'homme à béquille qui les ramenait chez eux, la main dans la main et leur donnait des figues-fleurs et des beignets. De pauvres veuves étaient aidées par lui à porter leurs fagots. Des chiens mordus par les vipères étaient soignés. Les pauvres trouvaient des présents mystérieux sur la pierre de leur fenêtre ou le pas de leur porte. Des arbres fruitiers déracinés par le vent étaient redressés, et la terre retassée autour d'eux avant que leurs propriétaires eussent mis le nez dehors.

En même temps, pourtant, les apparitions du vicomte, à demi voilé par son manteau noir, étaient marquées par de sombres événements. Des enfants étaient enlevés, et on les retrouvait prisonniers dans des grottes obstruées par des pierres.

Des éboulis de troncs et de rochers dégringolaient sur de pauvres vieilles. Des citrouilles tout juste mûres étaient mises en pièces pour le seul plaisir de faire du mal.

Depuis longtemps l'arbalète du vicomte ne frappait plus que les hirondelles, et non de façon à les tuer, mais seulement pour les blesser et les estropier. Or, maintenant, on commençait à voir dans le ciel des hirondelles aux pattes bandées consolidées par deux éclisses, des hirondelles aux ailes recollées et couvertes d'emplâtres. Il y avait toute une bande d'hirondelles ainsi harnachées qui volaient prudemment toutes ensemble et l'on disait, non sans invraisemblance, que c'était Médard lui-même qui était leur docteur.

Il arriva une fois qu'un orage surprit Paméla dans un lieu éloigné, avec sa chèvre et sa cane. Elle savait qu'il y avait près de là une grotte, petite d'ailleurs, juste une cavité à peine marquée dans le rocher, et elle s'y dirigea. Elle en vit sortir une botte grossière et rapetassée ; à l'intérieur le demi-corps au manteau noir était pelotonné. Elle voulut s'enfuir ; mais le vicomte l'avait vue et, sortant sous la pluie ruisselante, il lui dit :

— Abrite-toi ici, jeune fille, viens.

— Non, je ne m'y abriterai pas, dit Paméla. C'est tout juste si une seule personne y tient. Vous voulez m'écraser.

— N'aie pas peur, dit le vicomte. Je resterai dehors et tu pourras t'abriter tout à ton aise avec ta chèvre et ton canard.

— La chèvre et le canard peuvent bien se mouiller.

— Tu vas voir que nous allons pouvoir les abriter aussi.

Paméla avait entendu parler des bizarres accès de bonté du vicomte. « Voyons un peu », se dit-elle. Elle se pelotonna dans la grotte, en serrant contre elle ses deux bêtes. Le vicomte, debout devant l'ouverture tenait son manteau comme une tente de façon que la cane et la chèvre ne se mouillent pas non plus. Paméla regarda la main qui tenait le manteau, elle resta un moment pensive, se mit à regarder ses propres mains en les confrontant l'une avec l'autre, puis éclata d'un grand rire :

— Je suis heureux de te voir gaie, jeune fille, dit le vicomte, mais pourquoi ris-tu, s'il est permis de te le demander ?

— Je ris parce que je comprends ce qui fait perdre la tête à tous mes concitoyens.

— Quoi donc ?

— Que vous soyez un peu bon et un peu méchant. Maintenant, tout est naturel.

— Et pourquoi ?

— Parce que je m'aperçois que vous êtes

l'autre moitié. Le vicomte qui vit au château, celui qui est mauvais, c'est une moitié. Vous, vous êtes l'autre moitié, qu'on croyait disparue à la guerre et qui est revenue. Et c'est une bonne moitié.

— Ça, c'est gentil. Merci.

— Oh ! c'est comme ça. Ce n'est pas pour vous faire un compliment.

Voilà quelle était l'histoire de Médard, telle que Paméla l'apprit ce soir-là. Il n'était pas vrai que le boulet de canon lui eût mis une partie du corps en bouillie. Il avait été fendu en deux moitiés : l'une avait été retrouvée par les ramasseurs de blessés de l'armée, l'autre était restée sans qu'on la vît, enterrée sous une pyramide de restes turcs et chrétiens. Au cœur de la nuit, deux ermites traversèrent le champ de bataille, dont on ne sait s'ils étaient fidèles à la vraie religion ou si c'étaient des nécromants. Ces ermites, comme cela se produit pour certaines gens en temps de guerre, avaient été amenés à vivre dans les terres désertes entre les deux camps. On dit aussi à présent que peut-être ils tentaient de faire s'embrasser la Trinité chrétienne et l'Allah de Mahomet. Dans leur bizarre piété, ayant trouvé le corps pourfendu de Médard, ces ermites l'avaient emporté dans leur caverne et là, avec des baumes et des onguents de leur préparation, ils l'avaient pansé et sauvé. À peine avait-il recouvré ses forces que le blessé avait pris congé de ses sauveurs et, béquillant de son mieux avait parcouru des mois et des années les pays chrétiens pour revenir à son château, émerveillant les gens tout le long du chemin par ses actes de bonté.

Après avoir raconté son histoire à Paméla, le bon vicomte voulut que la bergère lui racontât la sienne. Et Paméla lui expliqua comment le mauvais Médard la guettait et comment elle s'était sauvée de chez elle pour errer à travers les bois. Au récit de Paméla, le bon Médard s'attendrit et partagea sa pitié entre la vertu persécutée de la bergerette, la tristesse sans réconfort du mauvais Médard et la solitude des pauvres parents de Paméla.

— Oh ! ceux-là ! dit Paméla. Mes parents sont deux vieilles canailles ! Ce n'est vraiment pas la peine de les plaindre.

— Oh ! Songe à eux, Paméla, comme ils doivent être tristes à l'heure qu'il est dans leur vieille maison, sans personne pour les soigner ni faire les travaux des champs et de l'étable.

— Si elle pouvait tomber sur eux, l'étable ! dit Paméla. Je commence à comprendre que vous êtes un peu trop doux de cœur. Au lieu d'en vouloir à votre autre morceau pour toutes les friponneries qu'il mitonne, on dirait quasiment qu'il vous fait pitié lui aussi.

— Comment ne pas avoir pitié de lui ? Je sais ce que cela veut dire que d'être une moitié d'homme. Je ne peux pas ne pas le plaindre.

— Mais vous, vous êtes différent. Un peu toqué vous aussi, mais bon.

— Oh ! Paméla, dit alors le bon Médard, c'est l'avantage d'être pourfendu, que de comprendre dans chaque personne et dans chaque chose la peine que chaque être et chaque chose ressentent d'être incomplets. J'étais entier, je ne comprenais pas. J'évoluais, sourd et incommunicable parmi les douleurs et les blessures semées partout, là même où un être entier ne saurait l'imaginer. Ce n'est pas moi seul, Paméla, qui suis écartelé et pourfendu, mais toi aussi, nous tous. Et maintenant je sens une fraternité qu'avant, lorsque j'étais entier, je ne connaissais pas. Une fraternité qui me lie à toutes les mutilations, toutes les carences du monde. Si tu viens avec moi, Paméla, tu apprendras à souffrir des maux de tous et à soigner les tiens en soignant les leurs.

— C'est très bien, dit Paméla, mais moi, je suis dans un beau guêpier avec votre autre morceau qui est amoureux de moi, et dont on ne sait ce qu'il veut me faire.

Mon oncle laissa tomber son manteau parce que l'orage était fini.

— Moi aussi, je suis amoureux de toi, Paméla.

Paméla sauta hors de la grotte :

— Quelle joie ! Il y a un arc-en-ciel et j'ai trouvé un nouvel amoureux. Pourfendu lui, aussi mais avec une âme bonne.

Ils marchaient sous les branches encore ruisselantes, le long de sentiers tout boueux. La demi-bouche du vicomte s'ouvrait dans un doux sourire incomplet.

— Alors, que faisons-nous ? demanda Paméla.

— Moi, je dirais d'aller trouver tes parents, les pauvres ! afin de les aider un peu dans leur travail.

— Tu peux y aller, toi, si tu en as envie, dit Paméla.

— Oui, moi j'en ai envie, ma chère amie, dit le vicomte.

— Moi, je reste ici, dit Paméla en s'arrêtant net avec sa chèvre et sa cane.

— Faire ensemble de bonnes actions, c'est l'unique manière de nous aimer.

— Dommage. Moi, je croyais qu'il y avait d'autres façons.

— Adieu, chère. Je t'apporterai de la tarte aux pommes. Et, tout béquillant, il s'éloigna sur le sentier.

— Qu'en dis-tu, la chèvre ? Qu'en dis-tu, la cane ? fit Paméla, restée seule avec ses bêtes. Faut-il que je ne tombe que sur des types comme ça ?

VIII

Depuis qu'il fut devenu notoire que l'autre moitié du vicomte était revenue, aussi bonne que la première était mauvaise, la vie devint toute différente à Terralba.

Le matin, j'accompagnais le docteur Trelawney dans ses tournées de visite aux malades. Car le docteur, petit à petit, s'était remis à exercer la médecine. Il s'était rendu compte de tous les maux qui affligent nos populations, dont la fibre est minée par les longues famines des temps passés. Avant, il ne s'en souciait pas.

Nous nous acheminions le long des routes de campagne, et des signes nous montraient que mon oncle nous avait précédés. Mon oncle le bon, cela s'entend, qui, tous les jours, faisait lui aussi la tournée non seulement des malades, mais des pauvres, des vieillards : de quiconque avait besoin de secours.

Dans le jardin de Bacciccia chacun des fruits

mûrs du grenadier était bandé d'un mouchoir noué. Nous comprîmes que Bacciccia avait mal aux dents. Mon oncle avait bandé les grenades pour qu'elles n'éclatent pas et que les grains ne s'en éparpillent pas pendant que leur propriétaire, malade, ne pouvait pas sortir pour les cueillir ; mais c'était aussi un signal à l'adresse du docteur Trelawney, afin que celui-ci passe visiter le malade et qu'il apporte ses pinces.

Le curé Checco avait sur son balcon un tournesol chétif qui ne donnait jamais de fleurs. Un matin, nous trouvâmes trois poules attachées là : elles mangeaient de la graine tant qu'elles pouvaient et déposaient de la fiente blanche dans le pot du tournesol. Nous comprîmes que le curé devait avoir la courante. Mon oncle avait attaché ces poules pour fumer le tournesol, mais aussi pour avertir le docteur Trelawney de ce cas urgent.

Sur l'escalier de la vieille Hiéronyme, nous vîmes une file d'escargots monter jusqu'à sa porte, de ces escargots qu'on fait cuire et qu'on mange. C'était un cadeau que mon oncle avait rapporté du bois pour Hiéronyme ; mais c'était également le signe que la maladie de cœur de la pauvre vieille s'était aggravée et que le docteur devait entrer doucement, pour ne pas lui faire peur.

Tous ces moyens de communication étaient employés par le bon Médard pour ne pas alarmer ses malades par un recours trop brusque au docteur. Mais aussi pour que Trelawney eût tout de suite l'idée de ce dont il s'agissait, même avant d'entrer, et dominât de la sorte sa répugnance à pénétrer chez les autres et à approcher des malades dont il ne savait pas ce qu'ils avaient.

Tout à coup, l'alarme courait dans toute la vallée : « Le Misérable ! Voilà Le Misérable ! »

C'était la mauvaise moitié de mon oncle qu'on avait vu chevaucher dans les parages. Alors tout le monde courait se cacher, le docteur Trelawney en tête, et moi derrière.

Nous passions devant la maison de Hiéronyme et sur l'escalier il y avait une bande d'escargots écrasés : de la bave et des éclats de coquille.

« Il a déjà passé par là. Filons ! »

Sur le balcon du curé Checco les poules étaient attachées sur la claie où séchaient les tomates et souillaient toute cette bonne marchandise.

« Filons ! »

Dans le jardin de Bacciccia toutes les grenades étaient écrasées par terre tandis que les mouchoirs vides pendaient aux branches comme des étriers.

« Filons ! »

C'est ainsi que nos vies s'écoulaient entre charité et terreur. Le Bon (comme on appelait la moitié gauche de mon oncle, par opposition à l'autre, le Misérable), était désormais en odeur de sainteté. Les éclopés, les pauvres diables, les femmes trompées, tous ceux qui avaient quelque peine couraient à lui. Il aurait pu en profiter et devenir, lui, le vicomte. Loin de là, il continuait à vivre en vagabond, à rôder dans son manteau noir déchiré, appuyé à sa béquille, avec son bas bleu et blanc couvert de reprises, et à faire du bien tant à ceux qui le lui demandaient qu'à ceux qui le chassaient vilainement. Il n'y avait pas de mouton se cassant la patte dans un ravin, de buveur tirant son couteau dans la taverne, de femme adultère courant nuitamment retrouver son amant qui ne le vît apparaître comme tombé du ciel, noir et sec avec son doux sourire, pour secourir, donner de bons conseils, prévenir la violence et le péché.

Paméla habitait toujours le bois. Elle s'était fait une balançoire entre deux pins, une autre balançoire plus solide pour la chèvre, une troisième plus légère pour la cane et elle passait le temps à se balancer avec ses bêtes. Mais à une certaine heure, le Bon arrivait en se traînant au milieu des pins, un baluchon sur l'épaule. C'étaient des effets à laver et à raccommoder qu'il prenait chez les mendiants, les orphelins, les malades, seuls au monde. Il faisait laver ces effets à Paméla, lui donnant ainsi l'occasion de faire du bien, elle aussi. Paméla qui s'ennuyait de rester toujours dans le bois, lavait ces vêtements et ce linge dans le ruisseau, et lui l'aidait. Ensuite elle étendait tout à sécher sur les cordes de ses balançoires et le Bon, assis sur une pierre, lui lisait la *Jérusalem délivrée*.

Paméla se souciait peu des lectures ; elle restait tranquillement vautrée dans l'herbe à s'épouiller (parce qu'à vivre dans les bois elle avait attrapé quelques petites bêtes), à se gratter avec une plante nommée gratte-cul, à bâiller, à soulever en l'air les cailloux avec ses pieds nus, à regarder ses jambes bien roses et bien charnues. Le Bon, sans lever les yeux de son livre, déclamait strophe sur strophe dans l'intention d'affiner les mœurs de cette fille rustique.

Mais elle, qui perdait le fil et s'ennuyait, incita tout doucement la chèvre à lécher le Bon sur sa demi-face et la cane à se poser sur son livre. Le Bon sauta en arrière et souleva son livre qui se referma. Au même instant, le Misérable déboucha des arbres au galop en brandissant contre le Bon une grande faux. La lame de la faux rencontra le livre et le coupa dans le sens de la longueur, en faisant deux moitiés. Le côté du dos resta entre les mains du Bon, le reste se répandit dans l'air en mille demi-feuillets. Le Misérable disparut au galop. Il avait certainement voulu faucher la demi-tête du Bon. Les deux bêtes étaient arrivées bien à propos. Les pages du Tasse avec leurs marges blanches et leurs vers coupés en deux s'envolèrent au vent, se posant sur les branches des pins, sur les herbes et sur l'eau du torrent. Du haut d'une butte, Paméla regardait voltiger ce blanc et disait :

— Comme c'est joli !

Quelques demi-feuillets arrivèrent jusqu'au sentier dans lequel nous passions, le docteur Trelawney et moi. Le docteur en saisit un au vol, le tourna et le retourna, essaya de déchiffrer ces vers sans queue ni tête et hocha la tête.

— Mais on ne comprend rien du tout... Zzt zzt !...

La renommée du Bon était arrivée jusqu'aux huguenots, et on voyait souvent le vieil Ézéchiel s'arrêter sur la plus haute plate-forme de sa vigne jaune et regarder le chemin muletier cailloux qui monte de la vallée.

— Père, lui dit un de ses fils, je vous vois souvent regarder du côté de la vallée comme si vous attendiez l'arrivée de quelqu'un.

— C'est le propre de l'homme que d'attendre, répondit Ézéchiel. De l'homme juste d'attendre avec confiance ; de l'injuste, avec crainte.

— C'est le Boiteux-de-l'autre-jambe que vous attendez, père ?

— Tu en as entendu parler ?

— On ne parle pas d'autre chose dans la vallée que de ce Manchot-Gaucher. Pensez-vous qu'il viendra là-haut jusque chez nous ?

— Si notre terre est une terre d'hommes qui vivent dans le bien et si lui vit dans le bien, il n'y a pas de raison qu'il ne vienne pas.

— Le chemin muletier est raide pour quelqu'un qui doit le monter avec une béquille.

— Il y a déjà eu un Boiteux qui a trouvé un cheval pour venir.

En entendant parler Ézéchiel, les autres huguenots s'étaient rassemblés autour de lui. Lorsque Ézéchiel fit cette allusion au vicomte, ils frémirent en silence.

— Ézéchiel, notre père, dirent-ils, la nuit où vint le Fluet et où la foudre brûla la moitié du rouvre, vous avez dit qu'un jour, peut-être, nous serions visités par un voyageur meilleur.

Ézéchiel acquiesça, inclinant sa barbe jusque sur sa poitrine.

— Père, celui dont nous venons de parler est un Bancal, pareil mais opposé à l'autre tant pour le corps que pour l'âme. Ne serait-ce pas le visiteur qu'annonçaient vos paroles ?

— Tout passant sur toute route peut l'être.

— Lui aussi, par conséquent, dit Ézéchiel.

— Alors nous espérons tous que ce sera lui, dirent les huguenots.

La femme d'Ézéchiel avança, poussant une brouette de sarments.

— Nous espérons toujours du bon, dit-elle. Mais quand bien même celui qui boite sur nos collines ne serait qu'un pauvre mutilé de guerre, bon ou méchant, nous n'en devons pas moins chaque jour agir selon la justice et cultiver nos champs.

— C'est entendu, lui répondirent les huguenots. Aurions-nous dit quelque chose signifiant le contraire ?

— Bien. Si nous sommes tous d'accord, nous pouvons tous retourner à nos pioches et à nos bêches.

— Peste et disette ! éclata Ézéchiel. Qui vous a dit de vous arrêter de bêcher ?

Les huguenots se répandirent dans les cordons pour aller retrouver leurs outils abandonnés au milieu des sillons ; mais à ce moment, Ésaü, qui avait mis à profit l'inattention de son père pour grimper sur le figuier et manger des figues vertes se mit à crier :

— Là-bas… Qui arrive sur ce mulet ?

En effet, un mulet grimpait la montée avec une moitié d'homme attachée à son bât. C'était le Bon, qui avait acheté cette vieille bête tout écorchée qu'on allait noyer dans le torrent parce qu'elle était en si piteux état qu'on ne pouvait même pas l'envoyer à l'abattoir.

« Après tout, pensa-t-il, je ne pèse qu'un demi-poids d'homme, ce vieux mulet pourra encore me porter. Ayant moi aussi ma monture je pourrai aller faire du bien plus loin. » Pour son premier voyage, il venait trouver les huguenots.

Les huguenots l'accueillirent alignés bien droit en chantant un psaume. Puis le vieillard s'approcha de lui et le salua comme un frère. Le Bon, descendant de sa mule, répondit cérémonieusement à ces salutations, baisa la main de la femme d'Ézéchiel qui resta dure et revêche, demanda des nouvelles de tous, allongea le bras pour caresser la tête hirsute d'Ésaü qui recula, s'intéressa aux ennuis de chacun et se fit raconter l'histoire des persécutions, non sans s'émouvoir et protester. Naturellement, eux en parlèrent sans insister sur la controverse religieuse, comme d'une séquelle de malheurs qu'on ne pouvait imputer qu'à la méchanceté générale des hommes. Médard glissa sur le fait que ces persécutions partaient de l'Église à laquelle il appartenait ; et les huguenots, de leur côté, ne s'embarquèrent pas dans des professions de foi, d'autant plus qu'ils avaient peur de dire des choses théologiquement erronées. C'est ainsi qu'ils finirent par de vagues propos charitables, désapprouvant toute violence et tout excès. Ils étaient tous d'accord. Mais l'ensemble fut un peu froid.

Ensuite le Bon visita la campagne, plaignit les huguenots de la maigreur de leurs récoltes et se réjouit de ce qu'à tout le moins l'année avait été bonne pour le seigle.
— Combien le vendez-vous ? leur demanda-t-il.
— Trois écus la livre, dit Ézéchiel.
— Trois écus la livre ? Mais les pauvres de Terralba meurent de faim, mes amis, ils ne pourront même pas s'acheter une poignée de seigle ! Vous ne savez peut-être pas que, dans la vallée, la grêle a détruit les seigles et que vous êtes les seuls pouvant aider toutes ces familles dans la misère !
— Nous le savons, dit Ézéchiel ; c'est justement pour cela que nous pouvons vendre dans de bonnes conditions...
— Mais songez à la charité que vous feriez à ces pauvres gens, si vous baissiez le prix du seigle... Pensez au bien que vous pourriez faire...
Le vieil Ézéchiel s'arrêta devant le Bon les bras croisés, et tous les huguenots l'imitèrent.
— Faire la charité, mon frère, dit-il, cela ne veut pas dire faire des remises sur les prix.
Le Bon parcourait les champs et voyait de vieux huguenots squelettiques piocher sous le soleil.
— Vous avez mauvaise mine, dit-il à un vieillard dont la barbe était tellement longue qu'il piochait dessus. Vous ne vous sentez peut-être pas bien ?

— Bien comme peut se sentir quelqu'un qui pioche pendant dix heures à soixante-dix ans, avec dans le ventre une soupe de raves.

— C'est mon cousin Adam, dit Ézéchiel. Un travailleur exceptionnel.

— Mais vous devriez vous reposer et vous alimenter, vieux comme vous êtes ! dit le Bon. Mais Ézéchiel l'entraîna brusquement loin de là.

— Tous, ici, nous gagnons notre pain très durement, frère, lui dit-il d'un ton qui n'admettait pas de réplique.

En descendant de son mulet, le Bon avait voulu attacher lui-même sa bête et avait demandé pour elle un sac d'avoine afin de la réconforter après la montée. Ézéchiel et sa femme avaient échangé un regard parce que, à leur avis, pour un mulet comme cela, une poignée de chicorée sauvage était bien suffisante ; mais ils en étaient au moment le plus chaleureux de l'accueil, et ils avaient fait apporter de l'avoine. Maintenant, à y repenser, le vieil Ézéchiel ne pouvait plus admettre que cette carcasse de mulet mange le peu d'avoine qu'ils avaient. Sans se faire entendre de son hôte, il appela Ésaü et lui dit :

— Ésaü, va tout doucement trouver le mulet, ôte-lui l'avoine et donne-lui quelque chose d'autre.

— Une infusion pour l'asthme ?

— Des trognons de maïs, des peaux de pois chiches, ce que tu voudras.

Ésaü y alla, enleva le sac au mulet et récolta un coup de pied qui le fit boiter pendant longtemps. Pour se rattraper, il cacha le reste d'avoine, afin de la vendre pour son compte et déclara que le mulet l'avait déjà finie.

C'était l'après-midi. Le Bon se trouvait au milieu des champs avec les huguenots et ils ne savaient plus quoi se dire.

— Nous avons encore une bonne heure de travail à faire, notre hôte, dit la femme d'Ézéchiel.

— Alors je vous débarrasse.

— Bonne chance, notre hôte.

Et le bon Médard remonta sur son mulet.

— Un malheureux mutilé de guerre, dit la femme quand il fut parti. Combien dans la région ! Les pauvres gens !

— Ce sont vraiment de pauvres gens ! confirmèrent tous ses familiers.

— Peste et disette ! hurlait le vieil Ézéchiel en rôdant à travers champs, les poings levés devant les travaux mal faits et les ravages causés par la sécheresse. Peste et disette !

IX

Souvent, le matin, j'allais à la boutique de Pierreclou voir les machines que cet ingénieux artisan était en train de construire. Le charpentier vivait dans des angoisses et dans des remords continuels depuis que le Bon venait le trouver nuitamment pour lui reprocher le triste résultat de ses inventions et l'inciter à construire des engins mis en action par la bonté et non par la soif des sévices.

— Mais quelle machine dois-je donc construire, Maître Médard ? demandait Pierreclou.

— Je vais t'expliquer. Tu pourrais, par exemple...

Et le Bon de décrire la machine qu'il lui commanderait lui s'il était vicomte à la place de son autre moitié. Et il traçait des dessins confus pour venir en aide à ses explications.

Pierreclou eut d'abord l'impression que cette machine était un orgue, un orgue gigantesque dont le clavier déclencherait de suaves mélodies.

Et, déjà, il se disposait à chercher le bois convenant à la construction des tuyaux quand un autre entretien avec le Bon lui brouillait les idées, parce qu'il croyait comprendre que le Bon voulait faire passer par ces tuyaux non pas de l'air, mais de la farine. En somme, ce devait être un orgue mais aussi un moulin, moulinant pour les pauvres et, autant que possible, un four pour faire des galettes. Tous les jours, le Bon perfectionnait son idée et barbouillait de griffonnages papier sur papier ; mais Pierreclou n'arrivait pas à le suivre. C'est que cet orgue-moulin-four devait aussi tirer l'eau du puits pour épargner cette fatigue aux ânes, et se déplacer sur des roues pour donner satisfaction aux différents villages, voire, les jours de fête s'accrocher en l'air pour attraper les papillons, à l'aide de filets disposés tout autour.

Le charpentier commençait à penser que construire des machines bonnes dépassait les possibilités humaines, que les seules pouvant réellement fonctionner de manière pratique et exacte, c'étaient les échafauds et les chevalets de torture. En effet, dès que le Misérable exposait à Pierreclou l'idée d'un engin nouveau, aussitôt le maître voyait la façon de le réaliser et se mettait au travail : chaque détail lui semblait irremplaçable et parfait, et l'instrument achevé était un chef-d'œuvre de technique et d'ingéniosité.

Le maître-artisan se tourmentait. « Serait-ce une méchanceté de mon esprit qui m'empêche de réussir autre chose que des machines cruelles ? » Mais, cependant, il continuait d'inventer, avec adresse et zèle, d'autres tourments.

Un jour, je le vis travailler à un bizarre gibet où une potence blanche encadrait une cloison de bois noir et la hart, également blanche, glissait dans le mur par deux trous, juste à l'endroit du nœud coulant.

— Qu'est-ce que c'est que cette machine, maître ? lui demandai-je.

— Une potence pour pendre de profil, me répondit-il.

— Et pour qui l'avez-vous construite ?

— Pour un homme seul, qui condamne et qui est condamné. Avec la moitié de sa tête, il se condamne lui-même à la peine capitale ; avec l'autre moitié il s'insère dans le nœud coulant et rend le dernier soupir. J'aurais envie qu'il se trompe de moitié.

Je compris que le Misérable, sentant s'accroître la popularité de la bonne moitié de lui-même, avait décidé de la supprimer au plus vite.

En effet, il appela ses sbires et leur dit :

— Il y a trop longtemps qu'un louche vagabond infeste notre territoire et sème la zizanie. Avant demain, emparez-vous de cet agitateur et mettez-le à mort.

— Ce sera fait, votre seigneurie, dirent les sbires.

Et ils partirent. Borgne comme il était, le Misérable ne s'aperçut pas qu'ils avaient échangé un clin d'œil.

Il faut savoir qu'une conjuration de palais s'était tramée au cours de ces jours-là et que les sbires en faisaient partie. Il s'agissait d'emprisonner et supprimer le demi-vicomte au pouvoir, d'investir du titre l'autre moitié et de lui livrer le château. Mais cette seconde moitié ne savait rien. La nuit, dans le fenil où elle dormait, elle se réveilla entourée de sbires.

— N'ayez pas peur, dit le chef des sbires, le vicomte nous envoie pour vous trucider, mais nous, las de sa cruelle tyrannie, nous avons décidé de le trucider, lui, et de vous mettre à sa place.

— Qu'entends-je ? Et vous l'avez déjà fait ? Je veux dire : le vicomte, vous l'avez massacré ?

— Non, mais nous allons certainement le faire dans la matinée.

— Le Ciel soit loué ! Non, ne vous souillez pas d'autre sang ; il y en a déjà eu trop de répandu. Quel bien pourrait faire une seigneurie née d'un crime ?

— Ça ne fait rien. Nous allons l'enfermer dans la tour et nous serons tranquilles.

— Ne levez les mains ni sur lui ni sur personne, je vous en conjure ! Moi aussi, je suis très chagriné de la brutalité du vicomte. Mais il n'y a pas d'autre remède que de lui donner le bon exemple en se montrant à lui aimables et vertueux.

— Alors, c'est vous que nous devons trucider, seigneur !

— Mais non ! Je vous ai dit que vous ne devez trucider personne.

— Comment faire ? Si nous ne supprimons pas le vicomte, il nous faut lui obéir.

— Prenez cette ampoule. Elle contient quelques onces, les dernières qui me restent, de l'onguent avec lequel les ermites de Bohême m'ont guéri ; jusqu'à présent il m'a été précieux lorsque au moment des changements de temps ma gigantesque cicatrice me fait mal. Portez-la au vicomte et dites-lui seulement que c'est le don de quelqu'un qui sait ce que c'est que d'avoir les veines terminées par un bouchon.

Les sbires allèrent trouver le vicomte avec l'ampoule et le vicomte les condamna à la potence. Pour sauver les sbires, les autres conjurés décidèrent de se soulever. Maladroits, ils laissèrent découvrir leur réseau et la révolte fut étouffée dans le sang. Le Bon porta des fleurs sur leurs tombes et consola les veuves et les orphelins.

Quelqu'un qui ne se laissa jamais toucher par la bonté du Bon, ce fut la vieille Sébastienne. Quand il allait à ses bonnes œuvres, le Bon s'arrêtait souvent dans la cabane de la nourrice et lui rendait visite avec gentillesse et sollicitude, comme toujours. Mais elle, chaque fois, lui faisait un sermon. Peut-être était-ce l'effet de son indistinct amour maternel, peut-être était-ce que la vieillesse commençait de lui brouiller les idées, toujours est-il que la nourrice ne tenait aucun compte de la séparation de Médard en deux moitiés : elle grondait une moitié des méfaits de l'autre, donnait à l'une des conseils que, seule, l'autre pouvait suivre et ainsi de suite.

— Et pourquoi as-tu coupé la tête au coq de la grand'mère Bigin, la pauvre, qui n'avait que celui-là ? Grand comme tu es, tu m'en fais voir de toutes les couleurs !

— Mais pourquoi me dis-tu cela à moi, nourrice ? Tu sais bien que ce n'est pas moi.

— Ça c'est bon ! Voyons un peu qui c'est !

— C'est moi. Mais...

— Ah ! Tu vois bien !

— Mais pas le moi qui est ici...

— Alors, parce que je suis vieille, tu me crois tombée en enfance ? Quand j'entends raconter quelque canaillerie, j'ai vite fait de comprendre que c'est encore un de tes tours. Alors je me dis : je jurerais que Médard y a mis la patte !

— Mais vous vous trompez toujours.

— Je me trompe !... Vous, les jeunes, vous

dites toujours aux vieux qu'ils se trompent... Et vous autres ? Tu as fait cadeau de ta béquille au vieil Isidore...

— Oui, ça c'est bien moi...

— Et tu t'en vantes ? Il n'en avait envie que pour rosser sa femme, la pauvre !

— Il m'a raconté qu'il ne pouvait pas marcher à cause de sa goutte...

— Il faisait semblant. Et toi, tout de suite, tu lui donnes ta béquille ! Maintenant, il l'a cassée sur le dos de sa femme et toi, tu te promènes en t'appuyant sur un bâton fourchu... Tu es un écervelé, voilà ce que tu es ! Toujours le même ! Et quand tu as soûlé le taureau de Bernard avec du marc...

— Ça, ce n'est pas moi...

— Bien sûr, ce n'est pas toi ! Et pourtant, tout le monde le dit : c'est toujours lui, le vicomte.

Les fréquentes visites du Bon à Préchampignon n'étaient pas dues seulement à son attachement filial pour la nourrice, mais au fait qu'à ce moment-là, il se consacrait à secourir les pauvres lépreux. Immunisé contre la contagion (toujours, à ce qu'il semble, grâce aux cures mystérieuses des ermites) il arpentait le village en s'informant minutieusement des besoins de chacun et en ne leur laissant pas de répit tant qu'il ne s'était pas prodigué pour eux de toutes les façons. Souvent, sur son mulet, il faisait la navette entre Préchampignon et la masure du docteur Trelawney pour demander à celui-ci conseils et médicaments. Non que le docteur eût trouvé le courage d'approcher maintenant les lépreux. Mais il semblait qu'il commençât à s'intéresser à eux, en prenant le bon Médard comme intermédiaire.

Seulement, l'intention de mon oncle allait plus loin. Il ne se proposait pas seulement de soigner les corps des lépreux, mais aussi leur âme. Il était constamment au milieu d'eux à leur faire la morale ; à fourrer le nez dans leurs affaires, à se scandaliser et à prêcher. Les lépreux ne pouvaient pas le souffrir. Finis les temps heureux et licencieux de Préchampignon ! Avec ce gringalet tout de noir habillé juché sur une seule jambe, cérémonieux et prodigue en sentences, personne ne pouvait faire son bon plaisir sans être réprimandé en public, ce qui suscitait des méchancetés et des chocs en retour. Même la musique, à force d'entendre répéter qu'elle était futile, lascive, sans un bon sentiment pour l'inspirer, leur devint insupportable, et leurs bizarres instruments se couvrirent de poussière. Les femmes lépreuses, n'ayant plus le soulagement de leurs ripailles se retrouvèrent seules, face à face avec leur maladie et passèrent leurs soirées dans les pleurs et le désespoir.

« Des deux moitiés, la bonne est pire que la mauvaise », commençait-on de dire à Préchampignon.

Mais ce n'était pas seulement chez les lépreux que l'admiration pour le Bon était en diminution.

« Heureusement que son boulet de canon ne l'a coupé qu'en deux, disait tout le monde. S'il en avait fait trois morceaux, Dieu sait ce qu'il nous aurait fait voir ! »

Maintenant les huguenots montaient également la garde contre lui, parce qu'il avait perdu tout respect pour eux et venait à toute heure espionner le nombre de sacs qu'ils avaient dans leurs greniers et les sermonner sur leurs prix trop élevés. Après quoi il racontait tout à la ronde et ruinait ainsi leur commerce.

C'est ainsi que les journées passaient à Terralba. Nos sentiments devenaient incolores et obtus parce que nous nous sentions comme perdus entre une vertu et une perversité également inhumaines.

X

Il n'y a pas de nuit de lune où, dans les âmes mauvaises, les idées perverses ne s'enchevêtrent comme une nichée de serpents, et où dans les âmes charitables, n'éclosent tous les lys de la renonciation et de l'abnégation. C'est ainsi qu'au milieu des escarpements de Terralba, les deux moitiés de Médard erraient, rongées par des tourments contraires.

Ayant pris toutes deux leur décision, elles partirent le matin afin de s'y conformer.

La mère de Paméla allant puiser de l'eau se prit le pied dans un piège et tomba dans le puits.

— Au secours ! criait-elle, accrochée à la corde quand elle vit dans l'ouverture du puits, devant le ciel, le profil du Misérable qui lui dit :

— Je voulais seulement vous parler. Voilà ce que j'ai pensé. On voit souvent en compagnie de votre fille un vagabond pourfendu. Vous devez le contraindre à l'épouser ; maintenant il l'a compromise et, s'il est gentilhomme, il doit réparer. Voilà ce que j'ai pensé ; ne me demandez pas de vous expliquer autre chose.

Le père de Paméla portait au pressoir un sac d'olives de son olivier ; mais le sac avait un trou : toute une traînée d'olives le suivait le long du sentier. Sentant sa charge plus légère, le père de Paméla ôta son sac de son épaule et s'aperçut qu'il était presque vide. Mais, derrière, il vit s'avancer le Bon qui ramassait les olives une à une et les mettait dans son manteau.

— Je vous suivais pour vous parler et j'ai eu la chance de sauver vos olives. Voici ce que j'ai dans le cœur. Il y a quelque temps que j'y pense. Ce malheur des autres que j'ai l'intention de secourir est peut-être alimenté précisément par ma présence. Je vais m'en aller de Terralba. Mais à condition que mon départ rende la paix à deux personnes : à votre fille qui dort dans une tanière, alors qu'un noble destin l'attend, et à mon infortunée moitié gauche qui ne doit pas rester ainsi, toute seule. Paméla et le vicomte doivent s'unir en mariage.

Paméla était en train d'apprivoiser un écureuil quand elle rencontra sa mère qui feignait de chercher des pommes de pin.

— Paméla, dit la mère, le moment est venu que ce vagabond surnommé le Bon t'épouse.

— D'où vient cette idée ? demanda Paméla.

— Il t'a compromise : qu'il t'épouse. Il est tellement gentil que si tu lui dis ça il ne refusera pas.

— Mais comment t'es-tu mis en tête cette histoire-là ?

— Chut ! Si tu savais celui qui me l'a donnée, tu ne me poserais pas tant de questions. C'est le Misérable en personne, qui me l'a donnée, notre illustrissime vicomte.

— Zut ! dit Paméla en laissant choir l'écureuil qu'elle avait sur les genoux. Quel piège peut-il bien préparer ?

Au bout d'un moment, tandis qu'elle apprenait à siffler, une herbe entre les mains, elle rencontra son père qui feignait de chercher du bois.

— Paméla, lui dit son père, le moment est venu de dire oui au vicomte Misérable. À la seule condition qu'il t'épouse à l'église.

— C'est une idée à toi ou c'est quelqu'un qui te l'a soufflée ?

— Ça ne te plaît pas de devenir vicomtesse ?

— Réponds à ce que je te demande.

— Bien. Apprends que celui qui me l'a donnée est l'âme la mieux intentionnée qui soit : ce vagabond qu'on appelle le Bon.

— Ah ! Il n'en a pas fini avec ses inventions, celui-là ? Tu vas voir ce que je vais combiner !

Tout en traversant les buissons sur son maigre cheval, le Misérable réfléchissait à son stratagème. Si Paméla se mariait avec le Bon, aux yeux de la loi elle était l'épouse de Médard de Terralba, c'est-à-dire sa femme. Fort de ce droit, le Misérable pourrait facilement l'arracher à son rival, si conciliant et si peu combatif.

Mais voilà qu'il rencontre Paméla qui lui déclare :

— Vicomte, j'ai décidé que, si vous êtes d'accord, nous nous marions.

— Toi et qui ? fait le vicomte.

— Moi et vous. Je viendrai au château et je serai la vicomtesse.

Le Misérable ne s'attendait pas à cela. « Alors, pensa-t-il, il est inutile de monter toute cette comédie de lui faire épouser mon autre moitié ; c'est moi qui l'épouse et le tour est joué ! »

Aussi dit-il :

— Je suis d'accord.

— Mettez-vous aussi d'accord avec mon père, dit Paméla.

Au bout d'un moment, Paméla rencontra le Bon sur son mulet.

— Médard, lui dit-elle, je me rends compte que je suis vraiment amoureuse de toi. Si tu veux me rendre heureuse, tu dois demander ma main.

Le pauvre diable qui venait de faire cette grande renonciation pour son bien à elle, resta bouche bée. « Mais, pensa-t-il, si son bonheur est de m'épouser, je ne peux plus la faire épouser par l'autre. »

Aussi répondit-il :

— Chère, je cours tout préparer pour la cérémonie.

— Mets-toi d'accord avec maman, lui recommanda-t-elle.

Tout Terralba fut sens dessus dessous quand on apprit que Paméla se mariait. Qui disait qu'elle épousait l'un, qui disait qu'elle épousait l'autre. On eût dit que les parents de Paméla faisaient tout pour embrouiller les idées. Certainement, au château on fourbissait tout, on pavoisait tout comme pour une grande fête. Et le vicomte s'était fait faire un costume de velours noir avec un gros bouillonné à la manche, un autre à la culotte. Mais le vagabond lui aussi avait fait étriller son pauvre mulet et rapiécer son coude et son genou. À tout hasard, on astiqua tous les chandeliers de l'église.

Paméla déclara qu'elle ne quitterait le bois qu'au moment du cortège nuptial. C'est moi qui faisais ses commissions pour son trousseau. Elle se prépara une robe blanche avec un voile et une longue traîne, et se fabriqua une couronne et une ceinture d'épis de lavande. Comme il lui restait encore quelques mètres de voile, elle fit une autre robe de mariée pour la chèvre et une aussi pour la cane, et elle courut dans le bois, suivie de ses bêtes, jusqu'à ce que son voile fût entièrement déchiré par les branches et jusqu'à ce que sa traîne ramassât toutes les aiguilles de pin et les bogues de châtaignes séchant dans les sentiers.

Mais la nuit précédant le jour de son mariage elle se sentit soucieuse et un peu apeurée. Assise au sommet d'une colline dépourvue d'arbres, sa traîne enroulée autour de ses pieds, sa couronne de lavande posée toute de guingois, elle appuyait son menton sur sa main et regardait les bois alentour en soupirant.

J'étais toujours avec elle parce que je devais être son garçon d'honneur en même temps qu'Ésaü qui, lui, ne se montrait pas.

— Qui vas-tu épouser, Paméla ? lui demandai-je.

— Je ne sais, dit-elle. Réellement, je ne sais qui va arriver. Ça ira-t-il bien ? Ça ira-t-il mal ?

Des bois on entendait s'élever tantôt une sorte de cri guttural, tantôt un soupir. C'étaient les deux prétendants pourfendus. Excités parce que c'était la veille de la noce, ils rôdaient dans les excavations et les escarpements du bois, enveloppés de leurs noirs manteaux, l'un sur son maigre cheval, l'autre sur son mulet pelé. Et de mugir et de soupirer dans le feu de leur rêverie et de leur angoisse. Et le cheval de sauter sur les falaises et dans les ravins, et le mulet de grimper les pentes et les versants, mais les deux cavaliers ne se rencontraient jamais.

Enfin, à l'aube, le cheval lancé au galop se blessa à la jambe dans un ravin et le Misérable ne put arriver à temps pour le mariage. Au contraire le mulet, marchant d'un pas sûr et tranquille, le Bon fut ponctuel à l'église où il arriva exactement en même temps que la mariée dont la traîne était soutenue par moi et par Ésaü qui se faisait traîner.

Quand elle ne vit arriver à titre de marié que le seul Bon, s'appuyant sur sa béquille, la foule fut un peu déçue. Mais le mariage fut régulièrement célébré, les époux prononcèrent le oui, échangèrent leurs alliances, et le prêtre déclara :

— Médard de Terralba et Paméla Marcolfi, je vous déclare unis par le lien du mariage.

À ce moment, du fond de la nef, le vicomte entra en s'appuyant sur sa béquille, son costume neuf de velours à crevés trempé et déchiré. Il déclara :

— Médard de Terralba, c'est moi. Paméla est ma femme.

Le Bon se traîna jusqu'en face de lui :

— Non, le Médard qui vient d'épouser Paméla, c'est moi.

L'Infortuné jeta sa béquille et mit la main à l'épée. Le Bon n'avait plus qu'à en faire autant.

— En garde !

Le Misérable se fendit, le Bon voulut parer, mais tous deux, déjà, avaient roulé à terre.

Ils reconnurent qu'il leur était impossible de se battre en se tenant en équilibre sur une seule jambe. Il fallait renvoyer le duel pour le mieux préparer.

— Moi, vous savez ce que je vais faire ? dit Paméla. Je retourne au bois.

Et elle courut hors de l'église sans plus de garçons d'honneur pour lui tenir sa traîne. Sur le pont, elle trouva la chèvre et la cane qui l'attendaient, et qui l'accompagnèrent en trottinant.

Le duel fut fixé au lendemain à l'aube au Pré des Moines. Maître Pierreclou inventa une sorte de branche de compas fixée à la ceinture des pourfendus et leur permettant de se tenir debout, de se déplacer, de pencher le corps en avant et en arrière en gardant la pointe enfoncée dans le sol pour être solides. C'est le lépreux Galatheus — avant de tomber malade, il était gentilhomme — qui fut le prévôt d'armes. Les témoins du Misérable furent le père de Paméla et le nouveau chef des sbires, les témoins du Bon deux huguenots. Le docteur Trelawney fut chargé du service médical.

Il arriva avec un ballot de bandes et une dame-jeanne de baume comme s'il lui fallait soigner une bataille. Ce fut une chance pour moi qui, devant lui porter toutes ces affaires-là, pus assister à la rencontre.

L'aube était verdâtre. Sur le pré les deux maigres duellistes se tenaient immobiles, en garde. Le lépreux souffla dans son cor : c'était le signal. Le ciel vibra comme une membrane tendue, les loirs des tanières enfoncèrent leurs griffes dans la terre, les pies, sans ôter leur tête de leur aile s'arrachèrent une plume de l'aisselle et se firent mal, la bouche du lombric mangea sa propre queue, la vipère se mordit de ses propres dents, la guêpe brisa son dard sur la pierre : il n'y avait rien qui ne se retournât contre soi-même, le givre des flaques prenait en glace, les lichens devenaient pierres et les pierres lichens, la feuille sèche devenait terre, une gomme épaisse et dure tuait irrémédiablement les arbres. C'est ainsi que l'homme se ruait contre lui-même, les deux mains armées d'une épée.

Une fois de plus, Pierreclou avait travaillé en maître. Les compas dessinaient des cercles sur le pré, et les escrimeurs s'élançaient pour des bottes ligneuses et spasmodiques, des parades et des feintes. Mais sans se toucher. Dans chaque attaque, la pointe de l'épée semblait se diriger nettement vers le manteau voltigeant de l'adversaire ;

chacun semblait s'obstiner à viser là où il n'y avait rien ; c'est-à-dire du côté où il eût dû se trouver lui-même. Certes, si au lieu de demi-duellistes cela avait été des duellistes entiers, ils se seraient blessés je ne sais combien de fois. Le Misérable se battait rageusement, férocement ; mais il ne parvenait jamais à toucher là où était son ennemi. Le Bon avait la correcte maestria des gauchers, mais il ne faisait que cribler de trous le manteau du vicomte.

À un certain moment, dans un corps à corps les deux gardes se trouvèrent en contact : les pointes de compas étaient fixées dans le sol comme des herses. Avec un déclic de ressort, le Misérable se dégagea : déjà il perdait l'équilibre et roulait sur le sol quand il réussit un terrible coup de taille, non pas exactement sur l'adversaire, mais presque. Une taille parallèle à la ligne interrompant le corps du Bon ; si proche que, tout d'abord, on ne comprit pas s'il avait passé en deçà ou au-delà. Mais nous vîmes bientôt le corps, sous le manteau, s'empourprer de sang de la tête à la hanche de sorte qu'il n'y eut plus de doute. Le Bon tomba, mais, dans sa chute, d'un geste quasi compatissant, il abattit lui aussi son épée tout près de son rival, de la tête à l'abdomen, entre le point où le corps de l'Infortuné n'existait pas et celui où il commençait d'exister. Et voilà que, lui aussi, le corps du Misérable ruissela de sang tout le long de l'immense et ancienne ligne de partage. Les coups de l'un et de l'autre avaient sectionné à nouveau les veines et rouvert la blessure qui les avait séparés, sur les deux côtés. Maintenant, ils gisaient sur le dos et leurs sangs qui n'avaient été jadis qu'un même sang se mêlaient derechef sur le pré.

Absorbé par cette effroyable vision, je n'avais pas fait attention à Trelawney quand je m'aperçus que le docteur battait des entrechats de joie avec ses petites jambes de grillon et qu'il tapait dans ses mains en criant :

— Il est sauvé ! Il est sauvé ! Laissez-moi faire !

Au bout d'une demi-heure, c'est un unique blessé que nous ramenions au château sur une civière. Le Misérable et le Bon étaient étroitement liés ensemble par un pansement : le docteur avait eu soin de faire coïncider tous les viscères et toutes les artères des deux côtés ; après quoi, à l'aide d'un kilomètre de bandes il les avait liés si étroitement qu'ils avaient l'aspect non pas d'un blessé mais d'un mort de jadis, embaumé.

Mon oncle fut veillé pendant des jours et des nuits, pris entre la vie et la mort. Un matin, tandis qu'elle regardait ce visage traversé du front au menton par une ligne rouge continuant le long du cou, ce fut la nourrice Sébastienne qui déclara :

— Voilà ! Il a remué.

En effet, un léger soubresaut avait agité le visage de mon oncle. Le docteur pleura de joie en voyant ce soubresaut se propager d'une joue à l'autre.

À la fin, Médard ouvrit les yeux, les lèvres. Au début, son expression était égarée : il avait un œil écarquillé, l'autre suppliant, le front plissé à droite et calme à gauche, la bouche souriait d'un coin, et, de l'autre, grinçait des dents. Peu à peu, tout redevint symétrique.

— Maintenant, il est guéri, déclara le docteur Trelawney.

Et Paméla s'écria :

— Finalement, j'aurai un mari avec tous ses attributs.

C'est ainsi que mon oncle Médard redevint un homme entier, ni méchant ni bon, un mélange de bonté et de méchanceté, c'est-à-dire un être ne différant pas, en apparence, de ce qu'il avait été avant d'être pourfendu. Mais il avait l'expérience de l'une et de l'autre moitié désormais ressoudées : aussi devait-il être fort sage. Il eut une vie heureuse, beaucoup d'enfants, et gouverna avec justice. Notre vie aussi s'améliora. Peut-être nous attendions-nous à ce que, le vicomte une fois redevenu entier, une ère de bonheur merveilleux s'ouvrît pour nous. Mais il est clair qu'il ne suffit pas d'un vicomte complet pour que le monde entier soit complet.

Cependant maître Pierreclou ne construisit plus des échafauds, mais des moulins, et Trelawney délaissa les feux follets pour la varicelle et l'érysipèle. Moi seul, au milieu d'une telle ferveur d'intégrité, je me sentais de plus en plus triste et lacunaire. Il arrive qu'on se croie incomplet simplement parce qu'on est jeune.

J'étais arrivé au seuil de l'adolescence et me cachais encore dans le bois entre les racines des grands arbres pour me raconter des histoires. Une aiguille de pin pouvait représenter pour moi un chevalier, une dame ou un bouffon ; je l'agitais devant mes yeux, et je m'exaltais en d'interminables histoires. Puis je rougissais de ces rêvasseries et je me sauvais.

Le jour vint où même le docteur Trelawney m'abandonna. Un matin, on vit entrer dans notre golfe une flotte de navires pavoisés battant pavillon anglais ; et elle pénétra dans la rade. Tout Terralba vint au bord de la mer, sauf moi qui ne le savais pas. Sur le bastingage et dans la mâture il y avait des quantités de marins qui faisaient voir des ananas et des tortues et déroulaient des banderoles sur lesquelles étaient écrites des maximes anglaises et latines. Sur la dunette, au milieu d'officiers en tricorne et perruque, le capitaine Cook inspectait le rivage de sa lunette d'approche. Dès qu'il aperçut le docteur Trelawney, il donna ordre de lui transmettre un signal de pavillons signifiant : « Venez tout de suite à bord, docteur, il nous faut continuer ce tré-sept. »

Le docteur salua tout le monde à Terralba, et nous quitta. Les marins entonnèrent un hymne qui disait : « Ô, Australie ! » et le docteur fut hissé à bord, à cheval sur un tonneau de vin « cancaroun ». Sur quoi, les navires levèrent l'ancre.

Moi, je n'avais rien vu. J'étais caché dans le bois, en train de me raconter des histoires. J'appris la chose trop tard, je me mis à courir vers le rivage en criant :

— Docteur ! Docteur Trelawney ! Emmenez-moi avec vous ! Vous ne pouvez pas me laisser ici, docteur !

Mais, déjà, les navires disparaissaient à l'horizon et je restai là, dans ce monde qui est le nôtre, plein de responsabilités et de feux follets.

Juin-septembre 1951.

Chronologie biographique

Les citations sont toutes d'Italo Calvino.

1923. Naissance le 15 octobre d'Italo Calvino à Santiago de las Vegas à La Havane. Son père, d'une vieille famille de San Remo, est agronome, sa mère biologiste.
1925. Retour de la famille Calvino en Italie, à San Remo.
1927-1940. Naissance de Floriano Calvino. Les deux garçons reçoivent une éducation laïque et antifasciste.
1941-1942. Études en agronomie à l'université de Turin. Italo Calvino soumet aux Éditions Einaudi un premier manuscrit (« *Pazzo io o pazzi gli altri* ») qui sera refusé.
1943-1944. Il poursuit ses études en agronomie à Florence. Il rejoint San Remo en août 1943 et, à l'avènement de la république de Salò, entre dans la clandestinité avant d'intégrer début 1944 les brigades garibaldiennes.
1945. Après la Libération, il choisit la littérature et s'inscrit à l'université de Turin. Il fait la connaissance de Cesare Pavese.
1946. Début d'une longue collaboration avec *L'Unità*, qui publie régulièrement ses récits dont *Champ de mines*

qui remporte en décembre un premier prix littéraire lancé par le même journal.
1947. Fin de ses études littéraires après avoir présenté un mémoire sur Joseph Conrad. Encouragé par Cesare Pavese, son premier lecteur et mentor, Italo Calvino fait paraître chez Einaudi, désormais son éditeur et employeur, *Le sentier des nids d'araignée* (prix Riccione) qui s'inspire de son expérience de résistant. Il se rend au Festival de la jeunesse à Prague en tant que délégué du parti communiste.
1948. Visite à Ernest Hemingway, en villégiature à Stresa, en compagnie de Natalia Ginzburg.
1949. Il participe au Congrès mondial des partisans de la paix à Paris. Parution du recueil *Le corbeau vient le dernier* dont les nouvelles développent trois axes thématiques : « le récit de la Résistance », « le récit picaresque de l'après-guerre » et « le paysage de la Riviera ».
1950. Suicide de Cesare Pavese.
1951. Voyage en URSS à l'automne. Le 25 octobre, décès de son père.
1952. Parution du *Vicomte pourfendu*, récit fantastique d'un homme fendu en deux dans un XVIIIe siècle fabuleux. *Botteghe oscure*, revue dont le rédacteur en chef est Giorgio Bassani, publie *La fourmi argentine*.
1954. Parution de *L'entrée en guerre*, d'inspiration autobiographique.
1956. Italo Calvino devient membre de la Commission culturelle nationale du parti communiste italien. *Contes italiens*, deux cents contes sélectionnés par Italo Calvino et issus de toutes les régions d'Italie, paraît en novembre.

1957. Parution en volume du *Baron perché*, où le héros, vivant au siècle des Lumières, refuse de marcher comme tous sur terre, impose sa singularité pour « être *vraiment* avec les autres ». Parution en revue de *La grande bonace des Antilles*, qui fustige l'immobilisme du parti communiste italien, et de *La spéculation immobilière*, qui met en scène un intellectuel aux prises avec la réalité entrepreneuriale de la construction. Italo Calvino présente sa démission au parti communiste suite aux événements de 1956 en Pologne et en Hongrie.

1958. Publication en revue du *Nuage de Smog*. Parution d'un volume anthologique, *I racconti*, qui remporte l'année suivante le prix Bagutta.

1959. Parution du *Chevalier inexistant*, l'histoire, dans un Moyen Âge légendaire, d'« une armure qui marche et qui, à l'intérieur, est vide ». La fondation Ford permet à Italo Calvino de passer six mois aux États-Unis dont quatre à New York.

1960. Parution de *Nos ancêtres* qui rassemble *Le vicomte pourfendu*, *Le baron perché* et *Le chevalier inexistant* : « une trilogie d'expériences sur la manière de se réaliser en tant qu'êtres humains, [...] trois niveaux d'approche donc de la liberté ».

1961. En avril, Italo Calvino se rend à Copenhague, Oslo et Stockholm pour y donner des conférences. Il participe à la Foire du livre de Francfort en octobre.

1962. Il fait la connaissance d'Esther Judith Singer, dite Chichita, traductrice argentine qui travaille pour l'Unesco et l'Agence internationale pour l'énergie atomique. Parution en revue du récit *La route de San Giovanni*.

1963. Parution de *Marcovaldo ou Les saisons en ville*, l'histoire d'un manœuvre devenu citadin « toujours prêt à redécouvrir un petit bout de monde fait à sa mesure », et de *La journée d'un scrutateur*, qui dénonce les failles d'un système se fourvoyant sous couvert d'égalité et de charité. Italo Calvino est juré du prix Formentor.

1964. Il épouse Chichita à La Havane en février. Il revient sur les lieux de sa petite enfance et rencontre Ernesto « Che » Guevara. Les Calvino s'installent à Rome.

1965. En mai, naissance de sa fille Giovanna. Parution en volume de *Cosmicomics*, qui témoigne de l'intérêt d'Italo Calvino pour les sciences et la cosmogonie, et du diptyque *Le nuage de Smog - La fourmi argentine*, dans lequel il questionne les relations entre l'homme contemporain et la nature.

1966. Mort d'Elio Vittorini, ami d'Italo Calvino, directeur du journal *L'Unità* et directeur littéraire des Éditions Einaudi.

1967. La famille s'établit à Paris. Italo Calvino traduit *Les fleurs bleues* de Raymond Queneau. Parution de *Temps zéro*, nouveau recueil de « cosmicomics », dont le titre fait référence au commencement du monde.

1968. Il participe au séminaire de Roland Barthes à la Sorbonne, fréquente Raymond Queneau et les membres de l'Oulipo. Il refuse le prix Viareggio qui récompense *Temps zéro*. Parution de *La mémoire du monde et autres cosmicomics*.

1970. Parution du recueil *Les amours difficiles* dont la plupart des histoires sont fondées sur « une difficulté de communication, une zone de silence au fond des rapports humains ». Dans le cadre d'un cycle d'émissions radiophoniques, Italo Calvino s'attelle à l'étude de passages du poème de l'Arioste *Roland furieux*.

1972. Il remporte le prix Antonio Feltrinelli pour ses œuvres de fiction. Parution des *Villes invisibles*, où, à travers un dialogue imaginaire entre Marco Polo et Kublai Khan, s'élabore une réflexion subtile sur la ville, les constructions utopiques et le langage.
1973. Il devient membre étranger de l'Oulipo. Parution du *Château des destins croisés* dont la narration se fonde sur le tirage de cartes de tarot.
1974. Collaboration au quotidien *Corriere della sera*, dans lequel Italo Calvino publie fictions, récits de voyage et réflexions sur le contexte politique et social de l'Italie.
1975-1976. Séjours en Iran, aux États-Unis, dans le cadre notamment des séminaires d'écriture de la John Hopkins University, au Mexique et au Japon.
1977. Il reçoit du ministre autrichien des Arts et de l'Éducation, à Vienne, le Staatspreis für Europäische Literatur.
1978. En avril, mort de sa mère.
1979. Parution de *Si par une nuit d'hiver un voyageur*, roman qui met en scène sa propre écriture, à partir de dix débuts de romans toujours laissés en suspens. Début d'une collaboration avec *La Repubblica*.
1980. Parution d'*Una pietra sopra*, dans lequel Italo Calvino regroupe ses interventions critiques les plus importantes. Les Calvino s'installent à Rome.
1981. Italo Calvino reçoit la Légion d'honneur et s'attelle à la traduction de *Bâtons, chiffres et lettres* de Queneau. Il préside le jury de la 38e édition de la Mostra de Venise.
1982. *La vera storia*, opéra en deux actes de Luciano Berio dont Calvino a écrit le livret, est créé à la Scala de Milan.
1983. Italo Calvino est nommé directeur d'études à l'École des hautes études à Paris et donne une série

de conférences à New York. Parution en novembre de *Palomar*, dont l'histoire « peut se résumer en deux phrases : *Un homme se met en marche pour atteindre, pas à pas, la sagesse. Il n'est pas encore arrivé* ».

1984. Il se rend en avril à la Foire internationale du livre de Buenos Aires avec sa femme, Chichita. *Un re in ascolto*, opéra conçu avec Luciano Berio, est créé à Salzbourg. Il participe à Séville avec Jorge Luis Borges à un congrès sur la littérature fantastique. L'éditeur Garzanti publie à l'automne *Collection de sable*, dans lequel Italo Calvino regroupe des textes sur la réalité changeante qu'est le monde, inspirés en partie par ses voyages au Japon, au Mexique et en Iran, et *Cosmicomics anciens et nouveaux*.

1985. Il travaille à un cycle de conférences pour l'université Harvard, regroupées dans un recueil posthume, *Leçons américaines* (1988). Décédé dans la nuit du 18 au 19 septembre à l'hôpital à Sienne, il laisse notamment derrière lui un recueil inachevé, *Sous le soleil jaguar* (1988), qui devait être constitué de nouvelles sur les cinq sens plus un sixième, le sens commun, *La route de San Giovanni* (1990), projet d'un volume rassemblant des « exercices de mémoire », *Pourquoi lire les classiques* (1991), regroupant des analyses des œuvres majeures de la littérature passée et contemporaine, et *Ermite à Paris* (1994), recueil de pages autobiographiques.

Composition Nord Compo
Impression Novoprint
à Barcelone, le 1er juin 2016
Dépôt légal : juin 2016
1er dépôt légal dans la collection : octobre 2012

ISBN 978-2-07-044937-8./Imprimé en Espagne.

305090